# Desde el otro lado

# Bernardo Atxaga

## Desde el otro lado

Traducción del euskera de
Bernardo Atxaga y Asun Garikano

Papel certificado por el Forest Stewardship Council®

Penguin
Random House
Grupo Editorial

Primera edición: marzo de 2022

Printed in Spain – Impreso en España

ISBN: 978-84-204-6130-4
Depósito legal: B-916-2022

Compuesto en MT Color & Diseño, S.L.
Impreso en Unigraf, Móstoles (Madrid)

AL61304

# Índice

«Dos hermanos» se publicó en euskera con el título de «Bi Anai» en 1985 y, diez años más tarde, en castellano (Ollero & Ramos, 1995) con traducción del propio Bernardo Atxaga. El texto del relato ha sido revisado por el autor para esta edición.

«La muerte de Andoni a la luz del LSD», inédito hasta este momento en castellano, se publicó originalmente en euskera con el título de «Andoniren heriotza LSDaren argitan».

«Conferencia sobre la vida y la muerte en el cementerio de Obaba-Ugarte» y «Un crimen de película» son textos inéditos escritos originariamente en castellano.

# Dos hermanos

*Es un hombre o una piedra o un árbol*
*quien va a comenzar el cuarto canto.*

LAUTRÉAMONT, *Los cantos de Maldoror*

# Relato del pájaro

*Sobre la voz interior. Muerte y promesa. Paulo y Daniel*

Existe una voz que surge de nuestro interior, y esa voz me dio una orden justo a principios de verano, cuando yo era un pájaro sin experiencia que nunca se había alejado del árbol donde vivía. Antes de oírla, conocía pocas cosas: conocía el árbol mismo y el torrente que pasaba junto a él, pero casi ninguna cosa más. Los demás pájaros de mi grupo hablaban de casas y caminos, así como de un río enorme al que van a parar las aguas de nuestro torrente y las de otros muchos torrentes, pero yo nunca había volado hasta esos lugares y no los conocía. Sin embargo, creía lo que me decían, porque las descripciones de unos y otros coincidían, y los tejados siempre eran rojos, y las paredes, blancas, y el enorme río siempre era el mar.

Existe una voz que surge de nuestro interior, decían luego los otros pájaros. Se trata de una voz diferente a cualquier otra, y tiene poder sobre nosotros.

—¿Cuánto poder? —pregunté un día.

—Debemos obedecer a la voz —me respondieron los pájaros que en aquel momento descansaban en las ramas del árbol.

Pero no tenían más noticias, ni siquiera los pájaros de más edad habían oído nunca las palabras de esa voz tan poderosa. Sabían de su existencia por lo que habían contado quienes vivieron en otro tiempo, no por experiencia propia, pero creían en ello tan firmemente como en la existencia de las casas, los caminos y el mar. Por mi parte, lo aceptaba como un cuento más, sin darle importancia, sin pensar que la voz pudiera nunca hablarme a mí. Después, aquel día de principios de verano, todo cambió.

Me sentí de pronto muy nervioso, como los pájaros que están hambrientos o enfermos, y estuve toda la mañana moviéndome por las ramas del árbol sin ningún sentido. Se unía a este nerviosismo la desagradable sensación de que mis oídos habían enloquecido y percibían los sonidos de forma desordenada: las aguas del torrente estallaban contra las piedras; los pájaros que tenía cerca parecían chillar; el viento, apenas una brisa, me aturdía como el vendaval de una tormenta. Hacia el mediodía, comencé a tener dificultades para respirar, y me quedé solo. Los otros pájaros salieron del árbol y volaron hacia otra parte.

—¿Por qué huis de mí? —le pregunté a uno de los últimos en marchar.

—Porque te estás muriendo —me respondió.

Convencido de la verdad de aquella respuesta, quise repasar mi vida. Pero mi vida había sido muy poca cosa y el repaso duró un instante. Miré entonces hacia el cielo, y su color azul me pareció más lejano que nunca. Miré luego hacia el torrente, y la prisa que llevaba el agua por bajar me asustó. Miré por fin hacia el suelo, hacia las zarzas y ortigas que lo cubrían, y me vino a la mente una historia que me habían contado acerca de una chica que se puso enferma. Por lo visto, llegó el médico hasta la cama donde yacía ella y dijo: «Una falda rota se puede remendar, pero no la salud de esta chica. Ya no hay remedio».

Ocultándole la verdad, sus familiares decidieron llevarla a un curandero. Después de examinarla, el curandero dijo: «No puedo hacer nada. Tiene las piernas hinchadas y la respiración débil. Dentro de un par de meses, morirá».

Tampoco aquella vez le dijeron nada a la chica, porque no querían que sufriera inútilmente. La montaron en un caballo y la trajeron de vuelta a casa. Pero pasó el tiempo y ella acabó por darse cuenta de que estaba desahuciada. Una tarde, su hermano la encontró en la huerta llorando.

«¿Qué te pasa, hermana?», le preguntó.

«No me pasa nada —respondió ella—. Estaba pensando que solo tengo diecinueve años y que pronto estaré bajo tierra».

Esta era la historia que tenía en la mente mientras esperaba el empujón que me echaría de la rama al suelo. Sin embargo, no me llegó la muerte. Lo que ocurrió fue que escuché la voz. Primero sentí que los sonidos estridentes cedían por completo, y que un gran silencio, como el que sobreviene cuando la nieve tapa los campos, se adueñaba del árbol y sus alrededores.

—Toma el camino de Obaba y vuela hacia la casa de Paulo —escuché a continuación.

Era una voz que parecía surgir del centro de aquel silencio y también del centro de mí mismo, de ambos lugares a la vez.

«No sé dónde está Obaba, y tampoco conozco a Paulo», pensé.

Justo en ese momento, vi un pueblo de unas cien casas, Obaba, y cerca de ese pueblo un aserradero, y más arriba, en una pequeña colina, una casa con muchas ventanas. Supe enseguida —porque la voz me daba esa facultad, la de ver y conocer las cosas con el puro pensamiento— que aquella casa era la de Paulo.

Emprendí el vuelo dispuesto a cumplir la orden que había recibido de la voz, y volé valle abajo hasta que el torrente adquirió la anchura y profundidad de un río, y luego seguí volando por encima de los alisos que, en lugares como Obaba, siempre acompañan la marcha del agua hacia el mar. Después de un tiempo, observé que el río se remansaba, y que la fila de alisos se interrumpía para dejar sitio a una construcción rodeada de troncos de madera y enormes pilas de tablones, y supe que aquello era un aserradero y que mi primer viaje estaba a punto de concluir.

15

Atardecía ya, y el cielo era naranja y azul, naranja intenso en la parte donde se estaba poniendo el sol y azul pálido en el resto.

Después de ganar altura, miré hacia abajo y vi los dos barrios de Obaba, sus cuatro o cinco calles, su plaza, y luego, otra vez, el aserradero, la colina y la casa con muchas ventanas. El tejado de la casa era rojo; sus paredes, blancas. Pero, más que los colores, lo que me llamó la atención fue la bulla que estaban armando todos los perros de la zona. Aullaban o ladraban lastimeramente.

«¿De qué se lamentan esos perros?», pensé.

Comprendí que el causante de toda aquella bulla era el perro que estaba al cuidado de la casa de las ventanas, la casa de Paulo; sí, aquel era el perro que aullaba y ladraba con mayor ahínco, provocando la respuesta de todos los demás. Por alguna razón, inspirado quizá por la voz que oía en mi interior, asocié la intranquilidad de los perros de Obaba con la respuesta que la chica enferma había dado a su hermano: «No me pasa nada. Estaba pensando que solo tengo diecinueve años y que pronto estaré bajo tierra».

No necesité de más recuerdos. Comprendí que los aullidos de los perros anunciaban una muerte.

«¿La muerte de Paulo?», pensé. No se me ocultaba que era allí, en la puerta de su casa, donde se originaba aquel alboroto.

El cielo enrojecía por el lado por el que se acababa de poner el sol. El día terminaba. Y la vida de alguien que vivía en la casa de las ventanas también terminaba. Mientras pensaba en ello seguí con la mirada el río y vi cómo sorteaba las montañas para, al final, después de atravesar los campos plantados de maíz, entregar sus aguas al mar. En el mar —los vi perfectamente— había peces de color negro.

Sin embargo, a pesar de aquella facultad que me permitía ver en imágenes lo que estaba lejos, o lo que iba pensando, o lo que me sugería la voz, no conseguía traspasar las paredes de la casa de Paulo para saber cuál era el miembro de la familia que estaba enfermo.

«Quizá sea Paulo el que se esté muriendo. Quizá por eso estoy yo aquí», pensé con aprensión.

Estaba luchando contra aquella idea cuando el sonido de una campanilla me sobresaltó. En el camino que unía el barrio alto de Obaba con el barrio, más populoso, que se extendía a ambas orillas del río, un muchacho vestido de blanco y rojo hacía sonar una campanilla, y todos los hombres que aún continuaban trabajando en las huertas o en los campos se arrodillaban a su paso. Detrás del muchacho iban un hombre vestido de negro que portaba una cruz y un grupo de niños bastante numeroso.

«Es una de las señales de la muerte», pensé.

La comitiva parecía dirigirse al aserradero, hacia los obreros que, vestidos con sus monos de trabajo, esperaban allí formando un grupo y hablando en voz baja. Muy pronto, la campana de la torre que, desde el barrio alto, dominaba todo el pueblo comenzó a sonar, y su lúgubre sonido se extendió por el valle e hizo que el aullido de los perros se volviera general y más crispado. Decidí bajar a la casa de Paulo.

Nada más acercarme, reparé en un grupo de ardillas que se movían de un lado para otro en el tejado de la casa, y enseguida sospeché la verdad, es decir, que también aquellas ardillas habían recibido la orden de la voz y que por eso estaban allí. Al principio, su presencia me molestó. ¿Acaso no bastaba conmigo? ¿Acaso necesitaba Paulo más compañía?

La respuesta me llegó al instante. Supe que Paulo tenía un hermano mayor, Daniel, y que esa era la razón de que hubiesen venido las ardillas.

Lo primero que sentí al entrar en la casa fue el olor de la cera que daba brillo a la madera del suelo. Luego, atravesando un pasillo, llegué hasta una habitación en la que un hombre yacía en la cama respirando con dificultad. Supe que era el padre de Paulo, y que el muchacho que estaba junto a él era justamente Paulo.

—Cuida siempre de Daniel. Te lo pido de verdad, Paulo. No lo abandones.

El hombre tenía los ojos cerrados y se revolvía en la cama. Las sábanas debían de estar ardiendo de calor.

—¿Por qué llueve tanto? —preguntó de repente aquel hombre—. ¿No estamos en junio?

Estábamos en junio, y el cielo que yo acababa de dejar en nada se parecía al de un día de lluvia. Al contrario, había sido una jornada de sol, y la luz que se filtraba por las rendijas de la persiana aún arrancaba algún brillo al espejo del armario de la habitación.

Una anciana en la que no había reparado hasta entonces salió del rincón donde estaba sentada y se acercó a la cama. Supe que era la mujer encargada de las labores de la casa.

—Los perros —susurró—. Son los perros los que le confunden.

El perro que estaba al cuidado de la casa seguía ladrando, y sus iguales le respondían desde todos los zaguanes de Obaba. Debido a la fiebre, el padre de Paulo confundía los ladridos con el golpeteo de las gotas de agua contra los cristales de las ventanas.

—Cuida siempre de Daniel —insistió el padre sin abrir los ojos—. Cuida de tu hermano en todo momento, tanto si llueve como si luce el sol, tanto en junio como en cualquier otra época del año. Solo tienes dieciséis años y me da mucha tristeza dejar sobre tus hombros una carga tan pesada, pero no puedo hacer otra cosa, hijo. Yo voy a morir muy pronto y tú eres el único que puede hacerse cargo de esa tarea. Habrá quien cuide de la casa, habrá quien cuide del aserradero, pero si Daniel no te tiene a ti, no tendrá a nadie. No ha sido culpa tuya, Sara, te lo he repetido muchas veces, y además Daniel no es malo.

Parecía que de un instante a otro se iba a quedar sin aliento.

—Sara no está aquí —dijo la anciana levantando ligeramente la voz—. No le está hablando a su mujer, le está hablando a su hijo.

—Pronto me reuniré con Sara —dijo el hombre.

Paulo tenía la mirada fija en el espejo y estaba muy pálido.

Hubo un silencio, y el olor a sudor procedente de la cama del enfermo pareció intensificarse y anular el de la cera que, también allí, abrillantaba el suelo. Paulo movió la pierna que hasta entonces había aguantado el peso de su cuerpo y luego se la frotó para aliviar el hormigueo que sentía.

—No ha sido culpa tuya, Sara —volvió a decir el hombre.

—Háblele a Paulo —dijo la anciana con autoridad, obligando al hombre a que abriera los ojos.

Paulo tragó saliva y correspondió a la mirada de aquellos ojos. Con la enfermedad se habían vuelto enormes, casi redondos.

—Hazte cargo de Daniel, Paulo —repitió el hombre de forma casi inaudible—. No lo abandones como si fuera un trapo viejo. No es una persona normal, pero tampoco es un trapo viejo. Es tu hermano, el único que tienes.

El hombre se incorporó en la cama y alzó sus puños hasta la frente. Emitió un quejido.

—¿Me lo prometes, Paulo?

Paulo no fue capaz de responder de palabra, pero asintió con firmeza.

—Le dice que sí —dijo la anciana—. ¿Lo está viendo? Le dice que sí con la cabeza. No tema, Paulo cuidará muy bien de su hermano, y todos le ayudaremos.

Paulo salió de la habitación donde agonizaba su padre y recorrió la casa en busca de su hermano Daniel. Lo encontró al fin en la cocina, acurrucado bajo la mesa y mirando hacia la pared con una expresión que parecía decir: «Esta pared es lo único que me importa en el mundo».

Cuando notó que alguien abría la puerta, se arrastró de rodillas hasta que su cuerpo, que era enorme, quedó pegado a la pared. Aunque su intención no era otra que la de esconderse mejor, lo único que consiguió fue levantar la mesa con la espalda y dejarla sobre dos patas. Paulo esbozó una sonrisa.

—¿Qué haces ahí metido, Daniel? —dijo.

Daniel abandonó la contemplación de la pared y volvió la cabeza. Apenas tenía pestañas, y en sus ojos, muy abiertos en aquel momento, aparecía claramente el brillo del miedo. Estaba asustado por los perros que no paraban de aullar y ladrar, y porque lo habían dejado solo. Sobre una de las baldosas de la cocina había un charco de líquido amarillento.

—Dime, Daniel, ¡¿qué haces ahí?! —repitió Paulo.

El charco se iba oscureciendo sobre la baldosa y el olor a orina comenzaba a extenderse. De pronto, Paulo habló como si también él fuera un pájaro, es decir, repitió su pregunta silbando, un silbido largo para las palabras largas y otro corto para las cortas, y logró de esa manera que su hermano reaccionara y se riera. Se reía con la boca abierta, dejando al descubierto unos dientes grandes y torcidos.

«Daniel es repugnante», pensé viendo aquella boca.

—¡Vamos, Daniel! ¿No te das cuenta de que eres muy grande y de que, te escondas donde te escondas, siempre daré contigo?

Consiguió sacarle de debajo de la mesa haciéndole cosquillas por todo su corpachón. Daniel reía como un loco y sus carcajadas retumbaban en la cocina. Luego, callándose de golpe, se señaló los pantalones.

—Me he mojado, Paulo.

No tendría ni veinte años y su pecho era ya como el de dos hombres. Pero, a pesar de ello, su voz era muy débil, como si dentro de aquel gran pecho solo hubiera un par de pulmones diminutos, incapaces de enviar más aire que el que se necesitaba para pronunciar aquellas pocas palabras.

—¡Vaya! ¿Qué es lo que ha hecho nuestro Daniel? ¿Será que tiene por ahí algún grifo? —preguntó Paulo exagerando los gestos.

Daniel le escuchaba con media sonrisa, oprimiendo con los muslos el grifo al que se había referido Paulo.

—¡A cambiarse de ropa enseguida! —gritó Paulo ahuecando la voz y señalando a su hermano con el dedo índice.

Le dio un pellizco y los dos salieron corriendo al pasillo. Daniel volvía a reír escandalosamente, y sus carcajadas parecían rebotar en todas las paredes. No, sus pulmones no eran tan diminutos.

—¡Adelante, caballo! ¡Adelante! —volvió a gritar Paulo montándose sobre la espalda de su hermano. Pero este, que ya no podía más, que se ahogaba de tanto reír, se tiró al suelo y comenzó a pelear con torpeza. Allí por donde los dos hermanos pasaban a rastras y revolcándose, la cera que cubría la madera se humedecía y perdía su brillo. Al fin, los dos se quedaron quietos. Daniel tenía la cara empapada de sudor y jadeaba. Fuera, el día terminaba del todo. Filtrada por las cortinas del balcón, la luz formaba manchas rosas en el suelo y en las paredes del pasillo.

La mirada de Paulo se quedó fija en una de aquellas manchas. Eran las manchas del verano. Los días como aquel su padre subía del aserradero en camiseta. Lo había visto subir así durante los últimos veinte días. Ahora se estaba muriendo y él no lo vería más.

Paulo hubiera seguido con su contemplación y sus pensamientos, pero la anciana que hacía las labores de la casa lo distrajo. Abrió la puerta de la habitación de su padre, la cerró, avanzó tres pasos hacia los dos hermanos sin apenas tocar el suelo y dijo:

—Callaos, por favor.

La anciana se llevó un dedo a los labios. Paulo asintió con la cabeza y señaló hacia otra de las puertas del pasillo. Iban a meterse allí, no debía preocuparse. Luego ayudó a su hermano a levantarse y ambos desaparecieron en una habitación, Paulo con la cara seria, Daniel riéndose. Una vez allí, se toparon con las ardillas. Estaban sobre la colcha granate de la cama, mordisqueando un trozo de pan. Eran exactamente seis. Al verlas, Paulo creyó que se trataba de ratas, y se asustó tanto, o le dieron tanto asco, que tropezó y pisó a su hermano. A Daniel aquello no pareció importarle mucho y siguió riéndose. Además de gordo, era muy alto. Le sacaba la cabeza a Paulo.

Las ardillas se apiñaron y el conjunto tomó el aspecto de un extraño animal de muchos ojos y muchas colas. Luego miraron con atención hacia las dos cabezas que veían en el marco de la puerta, a ver cuál de las dos correspondía a Daniel, si la grande o la pequeña.

—¡Ardillas, Paulo! —chilló Daniel acercándose a la cama—. ¿Para mí, Paulo?

—Si no se escapan, para ti —le respondió Paulo dudando de que los animalillos quisieran permanecer bajo el techo. Desconocía la existencia de la voz, y no podía sospechar que si estaban allí era precisamente por su hermano. No, las ardillas no se marcharían.

—¿Puedo jugar? —preguntó Daniel cogiendo una de las ardillas entre las manos con una delicadeza que me sorprendió.

—Claro que puedes jugar, Daniel, pero antes vamos a cambiarte de ropa —dijo Paulo mientras iba hasta una pequeña habitación contigua, de la que volvió con una palangana llena de agua y una esponja.

Daniel se echó sobre la cama y las seis ardillas se arrimaron a él. Paulo le quitó los zapatos, los pantalones y la ropa interior, y a continuación, tras mojar la esponja en agua, comenzó a restregarle los muslos. Los muslos de Daniel eran blancos como la leche, y muy gruesos.

Los ladridos del perro que cuidaba la casa arreciaron y se hicieron más violentos. Parecía decir: «Soltadme de esta cadena y destrozaré todo lo que se me ponga delante». Un instante después, sonaron unos golpes en la puerta principal. Paulo escondió la palangana y la esponja debajo de la cama y le puso unos pantalones a su hermano. Quizá por imitación, las ardillas también se escondieron.

La anciana que hacía las labores de la casa pasó frente a la habitación y volvió a pedirles silencio. Luego abrió la puerta principal y el hombre vestido de negro atravesó el pasillo hasta llegar a donde se encontraban los dos hermanos. Le seguía el muchacho de la campanilla.

—Ya estoy aquí. Vengo a confortar a vuestro padre —dijo.

Era el mismo al que yo había visto antes en el camino. Tenía el pelo gris, pero no era muy viejo.

—Sí, señor —respondió Paulo, avergonzado de que aquel hombre le revolviera el pelo. Paulo era rubio.

—¿Y nuestro grandullón? ¿Qué tal está? —preguntó el hombre de negro animándose y levantando la voz.

Daniel estaba mirando debajo de la cama y ni siquiera dio señales de oírlo.

—Ahora tengo que ver a vuestro padre, pero enseguida volveré —dijo el hombre de negro al salir de la habitación.

El muchacho de la campanilla asomó la cabeza y guiñó un ojo a Paulo. Las ardillas volvieron a subirse a la cama.

—Van a darle la extremaunción, Daniel —dijo Paulo tumbándose en la cama boca arriba y pasando el brazo por debajo de la cabeza de su hermano, que jugaba con las ardillas—. ¿Te traigo un vaso de agua? —preguntó a Daniel.

—Sí —le respondió Daniel.

Pero estaban muy cansados y, antes de que Paulo cumpliera su propósito, los dos se quedaron dormidos.

# Prosigue el relato del pájaro

*Recuerdos y preocupaciones de un sacerdote*

Paulo y Daniel estaban dormidos, y yo mismo también me quedé adormilado. Después de un tiempo, cuando más silenciosa estaba la casa, se cerró una puerta y alguien cayó al suelo del pasillo en medio de un estrépito en el que no faltó el sonido agudo de una campanilla.

«El muchacho que ha venido con el hombre vestido de negro se ha resbalado con la cera del suelo y se ha caído», deduje.

El muchacho no debió de hacerse daño. Abrió la puerta principal de la casa y se marchó corriendo colina abajo, hacia el aserradero, hacia el pueblo. El perro lo despidió con unos ladridos que parecían decir: «Como te descuides te destrozo el cuello. No te quiero ver por aquí, y menos de noche». Pero pronto se cansó de ladrar y la casa volvió a quedar en silencio.

Nunca antes me había parecido el silencio tan agobiante: espesaba el aire, cerraba aún más las puertas y las ventanas, achicaba el espacio de la habitación donde nos encontrábamos. ¿Iba a ahogarnos aquel silencio? No, a nosotros no, pero sí al padre de Paulo y Daniel. En realidad, ya lo había hecho.

—Se han dormido los dos —dijo la anciana desde el marco de la puerta—. Han estado jugando y se han cansado. Ya conoce a Daniel, nunca pierde las ganas de jugar.

—Sí, es muy juguetón —dijo el hombre vestido de negro apareciendo junto a la anciana—. ¿Suelen dormir juntos? —añadió.

—Generalmente no —respondió la anciana negando con la cabeza—. Cada uno tiene su propia habitación.

—Muy bien —dijo el hombre. Estaba pensativo—. Me quedaré aquí un rato. Usted empiece a preparar el cadáver.

El hombre fue a sentarse junto a la ventana de la habitación. También él parecía cansado y con necesidad de dormir. Pero, en lugar de ello, inclinó la cabeza hacia el suelo y se puso a pensar en las cosas del presente y en las del pasado, yendo de adelante para atrás o al revés, de atrás para delante, y sin detenerse mucho en ninguno de los puntos de su recorrido. Pensó primero en los padres de Paulo y Daniel, y se lamentó de que ambos hubiesen muerto antes de que su único hijo sano tuviera tiempo de hacerse mayor. A continuación, su pensamiento derivó hacia las obras del cementerio, que iban a costar mucho, para saltar luego hasta los árboles que había cerca del río, unos ciruelos que daban su fruto por San Juan. Justo en ese momento, comencé a ver las imágenes que el hombre vestido de negro tenía en la cabeza.

Vi primero la torre del barrio alto de Obaba, que él en sus pensamientos llamaba iglesia, y a continuación el interior de aquella torre. Allí dentro, junto a una pared llena de estatuas, un hombre con gafas y con el pelo muy corto tocaba el armonio al tiempo que, moviendo de vez en cuando una de sus manos, dirigía el canto de unos diez muchachos. Uno de los cantores se parecía mucho al hombre vestido de negro, y deduje que efectivamente era él mismo, pero en la época en que solo tenía trece o catorce años. Deduje también, por las palabras que él utilizaba para pensar, que el hombre de gafas y pelo corto que tocaba el armonio era sacerdote.

En la iglesia apareció un campesino. Vi que hacía callar a los muchachos que cantaban en el coro y se dirigía al sacerdote.

—Perdone que los interrumpa, señor párroco —dijo. Hablaba muy alto, como los sordos.

—¡Vaya! ¿Qué le trae por aquí? —preguntó el sacerdote, que había dejado de tocar y le tendía la mano. Parecía un hombre de buen talante.

—Quería preguntarle una cosa —dijo el campesino besándole la mano.

—Usted dirá.

Todos los muchachos del coro estaban tensos y seguían la escena con atención.

—¿Son estos los muchachos que cantaron en la plaza la víspera de San Juan?

—Así es —asintió el sacerdote con amabilidad.

Vi fugazmente la plaza de Obaba con una gran hoguera en el centro. Los diez jóvenes del coro cantaban en aquella plaza ante la gente que había acudido a la fiesta.

—Pues, como usted sabe, yo poseo un campo de ciruelos junto al cementerio. Y resulta que a ese campo de ciruelos le sucede una cosa muy extraña, año tras año —explicó el campesino en un tono en el que se mezclaban el enfado y la burla—. Lo miro la víspera de San Juan y están todos los árboles cargados de ciruelas. Lo miro a la mañana siguiente y ¿qué es lo que veo? Pues que dos o tres árboles están esquilmados. Es un misterio. Por eso acudo a usted, por si me pudiera aclarar lo que pasa.

—Ya entiendo —dijo el sacerdote levantándose del asiento del armonio y lanzando una mirada severa a los diez muchachos del coro—. Además, ese misterio me recuerda otro —añadió.

—Le escucho —dijo el campesino con seriedad.

—Pues resulta que después de San Juan, la mayoría de los muchachos a los que usted ve aquí no acuden al ensayo. Pregunto a sus padres y me dicen que están enfermos del estómago. ¿Qué le parece a usted? ¿No le parece raro?

—No me parece raro, porque conozco los efectos de un atracón de ciruelas. Sobre todo si no están maduras.

—Estoy de acuerdo —dijo el sacerdote. Luego se dirigió al coro—: Y vosotros ¿qué pensáis?

Los muchachos bajaron los ojos. Después de cantar delante de la hoguera, y con la excusa de que tenían que subir a la iglesia para cambiarse de ropa, siempre se desviaban hacia el campo de ciruelos de aquel campesino. Al estar toda la gente en la plaza, ellos podían dedicarse al saqueo de fruta a sus anchas.

—Ya está bien, muchachos. Con llorar no se adelanta nada —dijo el sacerdote, aunque no todos lloraban. Luego posó la mano en el brazo del campesino—: No se volverá a repetir. Puede usted irse tranquilo. Y si un día de estos necesita ayuda para cualquier cosa, aquí tiene una buena cuadrilla.

—Lo tendré en cuenta —dijo el campesino.

—Ya sé que vosotros no robáis de verdad —dijo el sacerdote una vez que se quedaron solos—. Robáis porque alguno tuvo la idea y porque os sobran fuerzas para hacer cualquier diablura. Pero el perjuicio que le causáis a ese hombre es grande. Necesita la fruta que vosotros tiráis, porque, naturalmente, la mayoría no la coméis, la desperdiciáis. Sin ir más lejos, iba el otro día paseando por la orilla del río y vi de pronto que la presa estaba llena de unas bolas amarillas. Me acerqué y eran ciruelas.

Los pensamientos del hombre vestido de negro que estaba junto a la ventana se interrumpieron, y yo volví a contemplar el presente, lo que estaba sucediendo en la habitación donde Paulo y Daniel seguían dormidos. Vi que aquel hombre se restregaba los ojos y la cara como para ahuyentar el sueño, y que luego miraba hacia las luces de Obaba. Al poco rato, las campanas de la torre de la iglesia comenzaron a sonar con gravedad.

—La campana anuncia a la gente que vuestro padre ha muerto —dijo después de volver la cabeza hacia los dos hermanos.

Daniel se movió en la cama y resopló. El sacerdote le miró con atención, buscando quizás una señal o un rastro en aquella cara gorda y grande, y luego sus pensamientos volvieron a cambiar de rumbo y se dirigieron hacia atrás, hacia el pasado, pero moviéndose ahora con gran lentitud, como si la búsqueda de recuerdos le resultara penosa. Cuando alcanzó el punto que le interesaba, vi el aserradero o, mejor dicho, vi a un grupo de hombres que cargaban tablones en unos carros. El padre de Paulo y Daniel formaba parte del grupo. Poco después, los carros estaban cargados y el padre hablaba con el sacerdote en una de las dependencias del aserradero.

—Te lo he repetido muchas veces —decía el sacerdote—. El Señor creó a tu hijo mayor para que toda la vida sea un niño, y a poco más que se hubiera esforzado ahora tendríamos un ángel en Obaba. Te lo pido como amigo y como sacerdote. No sufras tanto por él.

—Mi esposa solía decir que era un castigo, y yo soy de la misma opinión. Para nosotros fue un golpe terrible, no nos merecíamos un monstruo como Daniel. Menos mal que luego vino Paulo. Paulo es un chico muy bueno.

—¿Cómo puedes hablar así de Daniel? ¿Cómo puedes decir que es un monstruo? Debes desechar esas ideas y convencerte de que es un niño grande, un ser inocente que nunca pasará de los tres años.

—Para algunas cosas tiene tres años. Para otras no —dijo lacónicamente el padre de Paulo y Daniel.

—No creas todo lo que te dicen —respondió el sacerdote con rapidez. Luego pensó en la fama que entre algunos vecinos de Obaba tenía Daniel; pensó en la madre que había acudido a él rogándole que alejara de su hija a aquel muchacho; pensó, por fin, con cierta turbación, en el hambre sexual que, según todos ellos, padecía el muchacho.

—Ha empezado a masturbarse —musitó el padre.

—Es normal —respondió el sacerdote casi sin pensar en lo que decía y sonrojándose un poco. No esperaba una confidencia como aquella. Al final, apartó la vista y se quedó mirando hacia los carros.

—No es un niño de tres años. Si solo fuera un niño grande, como usted dice, no se masturbaría. Estoy muy preocupado. Casi no duermo pensando en lo que podría pasar.

—No pasará nada —dijo el sacerdote sin mucha convicción.

—No lo sabemos. No sabemos qué pasará el día en que Daniel se aficione a las mujeres.

El padre de los chicos hizo un silencio. Dudaba entre contar o no lo que en aquel momento tenía en mente.

—Siendo joven, mi mujer, Sara, conoció a un muchacho como Daniel —dijo al fin—. Era hijo de unos campesinos que vivían en su mismo pueblo. Cuando tuvo la edad que ahora tiene mi hijo, comenzó a merodear por las casas donde vivían mujeres solas. Luego, un poco más tarde, le dio por pasearse completamente desnudo. Al final, atacó a una chica que volvía a su casa de una fiesta. Ese mismo año, apareció ahogado en el río.

—¿Lo mataron? —preguntó el sacerdote sin poder evitar que se le quebrara la voz.

—Seguramente —respondió el padre.

—¿Y por qué no lo encerraron en un manicomio antes de que las cosas llegaran a ese extremo? —exclamó el sacerdote reaccionando contra su propia aprensión—. De todas formas, Daniel nunca seguirá ese camino. Es posible que responda a ciertos requerimientos de su cuerpo, porque así lo exige la naturaleza. Pero jamás asociará esos requerimientos con las mujeres que vea pasar a su lado. A ese respecto, sí tiene tres años, es un niño. Y, como todos los niños, solo puede ver dos cosas en una mujer. A una madre o a una compañera de juegos.

Sus razonamientos le sonaron falsos. El centro de la cuestión no estaba donde él señalaba. Sin embargo, se sentía incapaz de ir más allá, porque temía todo lo que tuviera que ver con ese centro: temía las palabras como *masturbación*, temía los líquidos que surgían de los orificios ocultos del cuerpo, temía el cuerpo de la mujer y, sobre todo, la parte de ese cuerpo que los profesores del seminario nombraban con la expresión *verenda mulieris*. Además, la zona de su espíritu que recogía esos temores recogía muchos otros, todos los que un carácter débil como el suyo no podía cribar o detener, y esa zona estaba, por decirlo así, a punto de hundirse con el peso de aquella carga infame. Tenía que cambiar de conversación. Cuando uno de los obreros se acercó a ellos para anunciar que el cargamento de madera debía ponerse en marcha, respiró aliviado. Era su oportunidad.

—¿Adónde lleváis la madera? —preguntó.

—A la estación del tren —respondió el padre de los dos hermanos.

—Es una suerte que la estación quede a cuatro kilómetros de Obaba. Muy bueno para vuestro negocio.

—A mis hijos les gusta mucho el tren —siguió el padre sin hacer caso del comentario—. Cuando sepan que hemos ido allí con la madera se enfadarán conmigo, sobre todo Daniel, porque de eso sí que se da cuenta. Basta que los obreros se pongan a cargar para que él baje corriendo de casa a sentarse en uno de los carros. Tendría que verle usted en la estación. En cuanto ve aparecer la locomotora, se pone a chillar de alegría.

—Mi consejo es que siga yendo a la escuela con su hermano. Aunque no aprenda nada, se va acostumbrando a vivir en sociedad. Y al mismo tiempo los demás niños se van acostumbrando a él y lo van aceptando.

—Espero que así sea —dijo el padre.

Un instante después, el aserradero, los troncos, las pilas de tablones habían desaparecido de la mente del hombre vestido de negro, y ocupaba su lugar la imagen de una carretera que discurría entre colinas de color verde. Vi de pronto a Paulo y Daniel, que iban cogidos de la mano, y también al hombre vestido de negro, que caminaba en dirección contraria a la de los dos hermanos.

—¿Adónde vais? —les preguntó el hombre cuando se encontraron.

—A la estación del tren, padre —respondió Paulo.

—¿Y hacéis todo el camino andando?

—No es mucho camino para nosotros —dijo Paulo. Parecía algo molesto por el interrogatorio.

—Me gusta mucho el tren —dijo Daniel echándose a reír.

—Pero ¿por qué vais solos? ¿Por qué no vais con los demás chicos?

—Los demás se burlan de Daniel —dijo Paulo con firmeza, aunque bajando los ojos.

El pensamiento del hombre vestido de negro era cada vez más lento y parecía, por esa forma de moverse, un pez moribundo que lo mismo se deja llevar en una dirección que en otra, o que lo mismo da vueltas en un remolino que se detiene y hunde en las aguas. Me empezaron a llegar las figuras de aquel pensamiento, imágenes de ciruelas, de niños jugando, de niños sentados ante el pupitre, de chicas paseando por las calles de Obaba o por la carretera, y de Paulo, y de Daniel, y de eyaculaciones. Sobre todo de chicas y de eyaculaciones.

Después de un tiempo, todas aquellas imágenes se quedaron quietas.

«Se ha dormido», pensé. Y era verdad.

# Relato de las ardillas

*Cómo reconocimos a Daniel. Las chicas de los pasteles*

Nosotras las ardillas vivíamos junto al riachuelo, en un paraje lleno de avellanos, y no nos faltaba de nada, ni agua, ni comida, ni rincones donde dormir, y por esa razón pensábamos quedarnos allí para siempre. Pero a principios de verano una voz en nuestro interior nos ordenó que nos marcháramos a otro lugar.

—¿Me oís? —dijo la voz.

—Yo al menos sin ningún problema —respondí.

—Yo también —dijo la ardilla que estaba a mi lado.

—Yo perfectamente —dijo otra.

—Nosotras también te oímos —dijeron las tres restantes.

La voz de nuestro interior prosiguió entonces:

—Escuchad lo que os pido. Debéis ir enseguida a donde el chico que tiene la cabeza casi vacía. Buscad su casa, una musiquilla os guiará.

—¿Qué musiquilla? —preguntamos.

—De todas las cosas que se pueden tener en la cabeza, lo único que tiene ese chico es una musiquilla. Esa es la musiquilla que oiréis.

Así sucedió. Nada más desaparecer la voz, nos llegaron las notas de una melodía, do do mi mi mi mi fa sol fa mi sol sol fa mi re fa fa mi fa sol, y todas echamos a correr en busca del lugar donde se originaba. No se oía siempre igual, a veces bajaba mucho en intensidad e incluso se perdía del todo, pero al cabo volvíamos a encontrar aquel do do mi mi mi mi con el que comenzaba, y eso nos tranqui-

lizaba mucho, nos gustaba que la melodía fuera intermi-
nable.

Al principio nos dirigimos aguas arriba, hacia el ma-
nantial donde nace el riachuelo, pero cuanto más avanzábamos en esa dirección más débil nos llegaba la melodía.
Me volví entonces hacia las otras ardillas y les dije:

—El chico de la cabeza casi vacía no vive por este lado.
Vive por el otro.

Nadie estuvo en desacuerdo, así que dimos la vuelta y
nos fuimos hacia el valle, hacia Obaba.

—¿Veis? —les dije a poco de partir—. La melodía nos
llega ahora con más claridad. Siguiendo por aquí no tarda-
remos en llegar a casa de ese chico.

Al fin, en las cercanías de un aserradero, allí sí, allí se
oía francamente bien. Pero había un problema. El aserradero tenía muchas casas cerca y resultaba muy complicado
saber de cuál de ellas procedía, y así las cosas empezamos a
dudar, que si viene de esa casa, que si viene de esa otra, que
si parece esto, que si parece lo otro, y como no conseguía-
mos salir de dudas decidimos ir cada una en una dirección,
seis direcciones distintas en total.

—Luego nos reuniremos todas aquí —les dije.

—¿Y si nos perdemos? —dijo una de las ardillas.

—No nos perderemos —la tranquilicé—. No creo que
tengamos que alejarnos mucho.

Así pues, fuimos cada una por nuestro lado. Yo llegué
hasta la plaza del pueblo, y allí permanecí preguntándome
cosas y contestándomelas: ¿vivirá este chico en una de estas
casas de piedra?, pues parece ser que no, la melodía se oye
aquí peor que en el aserradero, voy a tener que volver. Después de un rato, tomé el camino de regreso y me reuní con
las otras ardillas.

—Por la zona de la plaza no es —les dije.

Cuatro ardillas más afirmaron lo mismo, que por la zona
que ellas habían explorado no era. Sin embargo, la última
señaló la colina que estaba más allá del aserradero y dijo

que en lo alto de la colina había una casa con muchas ventanas, y que la melodía sonaba allí muy fuerte.

—Entonces el chico vive ahí arriba —deduje.

Nos colocamos todas en fila y subimos por el camino que llevaba del aserradero a la casa. Realmente, no hacía falta aguzar el oído para escuchar aquella musiquilla, do do mi mi mi mi fa sol fa mi sol sol fa mi re fa fa mi fa sol, al contrario, sonaba tan fuerte que nos impedía percibir cualquier otro ruido. Nos encaramamos a las ramas de un manzano y nos pusimos a discutir sobre lo que íbamos a hacer:

—Mirad —les dije—. Hay una ventana abierta. Lo mejor será que entremos en la casa.

Las otras ardillas estuvieron de acuerdo, y nos encontramos de pronto en una habitación con una cama muy grande, y encima de la cama, sobre una colcha granate, había un mendrugo de pan. Entonces nos acordamos de que no habíamos comido desde el momento en que comenzamos la búsqueda del chico de la cabeza casi vacía, y nos pusimos a comer. En aquella habitación, la melodía se oía maravillosamente y nos embriagaba un poco.

De repente, cuando menos lo esperábamos, aparecieron en la puerta de la habitación dos chicos, uno grande y gordo y otro más pequeño, y olvidándonos del pan nos pusimos alerta y nos preguntamos cuál de ellos sería el de la cabeza casi vacía, aquel al que nosotras teníamos que encontrar.

—Ardillas, Paulo —dijo entonces el grande, y todas pensamos «este es, este es el chico de la cabeza casi vacía», y nos alegramos mucho, y él también debió de alegrarse mucho porque vino hacia la cama riendo. Luego, cuando nos fue cogiendo en sus manos, nuestro placer fue inmenso. La melodía nos embriagaba del todo. Tan bien nos sentíamos que ya no echábamos en falta lo que habíamos dejado, el riachuelo, los avellanos y demás.

—Si no se escapan, para ti —dijo el otro chico, y nosotras pensamos «así que se llama Daniel, pues muy bien, nos quedaremos con Daniel para siempre, escucharemos su musiquilla día y noche».

—Hemos tenido muchísima suerte —dijo entonces una de nosotras.

Naturalmente, todas las demás estuvimos de acuerdo, ninguna sospechó aquel día lo que luego iba a ocurrir, y además al principio los hechos nos daban la razón porque nos pasábamos el tiempo en el desván de la casa, nosotras seis por una parte y Daniel por otra, y era maravilloso oír una y otra vez aquellas notas, do do mi mi mi mi fa sol fa mi sol sol fa mi re fa fa mi fa sol. También Daniel parecía contento, no hacía sino reírse a carcajadas, y nos traía nueces y avellanas, y se molestaba mucho cuando su hermano le llamaba: «Daniel, baja a cenar enseguida». Él respondía: «No, Paulo, no quiero bajar», pero era inútil, porque su hermano estaba siempre dando órdenes y siempre acababa llevándoselo, a veces a cenar, otras al aserradero o a la estación del tren. En realidad, su hermano no quería comprender, no quería que Daniel y nosotras estuviéramos juntos, y tampoco quería vernos fuera del desván. Cuando salíamos de allí y nos metíamos en una habitación, él nos amenazaba con un palo o le ordenaba a una anciana que nos devolviera al desván. Con todo, no nos sentíamos infelices, al menos no tanto como ahora. Sabíamos que en algún momento de la tarde o de la noche Daniel volvería a reunirse con nosotras.

Pasaron muchos días, y el calor del verano se volvió sofocante, mucho más en el desván donde vivíamos, y como siempre teníamos sed Daniel nos ponía un balde lleno de agua todos los días, y muy bien, pero en realidad no tan bien, porque con el calor comenzamos a sentirnos desganadas y débiles. En cuanto a Daniel, siempre estaba sudando, y también él iba perdiendo las ganas de jugar con nosotras, y había días en que no subía a vernos.

Como aquello no podía seguir, aprovechamos un agujero en la reja de uno de los ventanucos del desván y nos fuimos a vivir al manzano que había junto a la casa. También desde allí podíamos escuchar la musiquilla de Daniel, y el calor no nos afectaba tanto.

Una noche, me desperté de golpe y sentí que sucedía algo extraño. No tardé en comprender lo que era. La musiquilla me llegaba con poca claridad, muy debilitada.

—No sé si a vosotras os pasa lo mismo, pero yo casi no oigo a Daniel. Tengo la impresión de que no está en casa.

En cuanto se pusieron a escuchar, todas aseguraron que les pasaba lo mismo que a mí.

—Yo creo que se ha ido. Sí, eso es, mientras nosotras dormíamos, Daniel se ha ido —dije.

—¿Con este calor? —preguntó una de nosotras.

—¿De noche y sin luz? —preguntó otra.

—¿Acaso no tenía que venir a vernos? —preguntaron las demás.

—Efectivamente, tenía que haber venido —dije yo—. Pero la cuestión es que no lo ha hecho y que su musiquilla se oye cada vez más lejos. Si no nos damos prisa y no le seguimos, quizá lo perdamos para siempre. Será mejor que vayamos en su busca.

Sin embargo, nadie se movió de su rama, porque todas nos sentíamos desganadas, no tan desganadas como ahora, pero bastante.

—Vamos —dije al fin con mucho esfuerzo. Estaba convencida de que aquella era nuestra obligación—. Encontremos a Daniel lo antes posible.

Conseguí que las demás ardillas se despabilaran y comenzamos a bajar la colina. Luego, dejando a un lado el aserradero, nos pusimos a caminar por un sendero que acompañaba al río y cruzaba muchos campos de hierba, una hierba que con la oscuridad de la noche parecía negra, y seguimos aquella dirección porque, cuanto más avanzábamos, más fuerte sonaban las notas de la canción, do do mi mi mi mi fa sol fa mi sol sol fa mi re fa fa mi fa sol. Cuando ya llevábamos un tiempo marchando, nuestro oído nos indicó que debíamos doblar hacia la carretera que bajaba por el valle junto al río, igual que el sendero pero por el otro lado. Muy pronto, la musiquilla nos envolvió completamente, y sí, allí estaba en medio de la oscuridad el chico de la cabeza casi vacía, Daniel, sentado en un pretil de la carretera. No estaba solo. Con él había otros chicos, y todos permanecían silenciosos y atentos, todos miraban hacia una de las curvas de la carretera a la espera de lo que apareciese, y nosotras hicimos lo mismo.

Aparecieron siete chicas montadas en bicicleta. Primero vimos la luz de un faro, luego una segunda luz, un poco más tarde tres luces juntas, y al final dos luces, y a medida que las bicicletas se iban acercando los cuerpos de las chicas iban tomando forma y el olor se hacía más intenso, porque eso era lo que más llamaba la atención, el buen olor que traían aquellas chicas, y resultó que venían cargadas de pasteles y tartas.

—¿Qué pasa aquí? —nos preguntamos después de ver que Daniel y los chicos del pretil se levantaban y empezaban a chillar de alegría. Supimos entonces, porque así nos lo hizo saber la voz, que todas aquellas chicas aprendían repostería en el pueblo del tren, y que hacían pasteles y tartas de prueba y luego los repartían entre los niños de Obaba que salían a su encuentro.

Cuando las chicas estuvieron cerca comenzaron a hacer sonar los timbres y a juguetear con las luces de las bicicletas, encendiéndolas y apagándolas, y los chicos armaron tal alboroto que los pájaros que estaban dormidos en los árboles cercanos se asustaron, y nosotras también nos asustamos un poco.

—¡Pastel! —chilló Daniel acercándose a las dos chicas que venían al final del grupo. Una de ellas tenía el pelo amarillo y largo; la otra, negro y también largo.

—Dale alguno de los tuyos, Carmen. A mí hoy no me han salido bien. Les he echado demasiado azúcar —dijo la chica del pelo amarillo.

Daniel alargaba las manos y reía abriendo mucho la boca.

—Qué más da, Teresa. Este gordo no notará la diferencia —dijo la otra chica con voz agria.

—¡Vaya forma de tratar a tu primo! —dijo Teresa. Su risa era agradable.

—Mala suerte, una verdadera mala suerte tener a alguien así en la familia —dijo Carmen con su voz agria—. Me da asco.

—No deberías hablar así. Si te oyera Paulo, no sé qué pasaría.

—¡Claro! ¡Ese es el que te gusta a ti, Paulo! —rio Carmen. Su risa no era agradable—. Pues, para que lo sepas, también yo prefiero a Paulo. Es un chico bastante guapo.

—¡Calla, Carmen! ¿No ves que Daniel te está oyendo?

—¡Y qué importa! Este gordo no entiende nada. ¿Verdad que no, Daniel? ¿A que no entiendes lo que le pasa a Teresa?

Daniel se quedó con la boca abierta. Luego miró hacia la cesta que una goma sujetaba a la parrilla de la bicicleta de Teresa.

—¡Pastel! —gritó.

—De acuerdo, Daniel. Ahora te doy. Pero ya sabes que tienen demasiado azúcar —suspiró Teresa quitando la goma que sujetaba la cesta—. Y no le digas a Paulo que te lo he dado yo.

—Eres una mentirosa, Teresa. Estás deseando que Paulo lo sepa —soltó Carmen con una risita. Luego empujó a Daniel—. ¡Vete! ¡Vete a casa y cuéntalo todo si puedes! ¿Podrás, Daniel? ¿Tú crees que podrás? Claro que no. Y seguramente te comerás todos los pasteles antes de llegar a casa.

Lo sucedido aquella noche se repitió bastantes veces. Daniel bajaba a la carretera a esperar a las chicas. Carmen le hablaba con voz agria y Teresa le daba pasteles, y después de eso todos volvíamos a casa. Pero, de pronto, cuando menos lo esperábamos, cuando ya estábamos habituadas a las salidas nocturnas, todo cambió. Sucedió lo peor. Sucedió que la musiquilla de la cabeza de Daniel dejó de oírse.

Ocurrió precisamente en una de las salidas. Teresa, vestida aquel día con una blusa blanca muy fina, tuvo un descuido en el momento de darle un pastel a Daniel y le rozó el brazo con uno de los pechos. Entonces, Daniel sintió un temblor, un temblor que le recorrió toda la espalda y que le hizo agarrarse a Teresa y luego levantarle la falda, y en ese momento Teresa gritó un poco y Carmen golpeó a Daniel en la cabeza con la bomba de la bicicleta gritando como Teresa pero más fuerte.

—¡Asqueroso! ¡Gordo asqueroso!

Daniel se echó a llorar, y su musiquilla desapareció de golpe.

—No le grites tanto, Carmen. No sabe lo que hace —dijo Teresa, asustada de la furia de su amiga.

—¡Claro que lo sabe! No es la primera vez que intenta propasarse con una chica —gritó Carmen con la voz más agria que nunca—. ¡Tendrían que encerrarlo!

Daniel lloriqueaba. La musiquilla de su cabeza no volvía.

—No me ha hecho nada. Tranquilízate —dijo Teresa.

—¿Ah, no? Entonces, ¿tú qué querías? ¡¿Que te quitara las bragas?!

—¡Déjame en paz!

—Ya te entiendo. Tú lo haces por Paulo. Por eso le tratas con tanto miramiento. Pues muy bien. ¡Ahí te quedas!

Carmen se montó en su bicicleta y desapareció.

Había estrellas en el cielo, pero todo estaba muy oscuro y resultaba difícil ver a las dos únicas personas que permanecían en aquella zona de la carretera, Teresa y Daniel.

—Calla, por favor. No puedes pasarte la noche así —dijo Teresa al ver que Daniel seguía lloriqueando.

Como toda respuesta, el muchacho alargó la mano hacia los pechos de ella.

—Si te callas, dejaré que me toques —dijo entonces la chica saliendo de la carretera y yendo detrás de un árbol.

Daniel se calló de golpe.

«Quizá ahora vuelva la musiquilla a su cabeza», pensé yo. Pero no volvió.

—Solo hoy, ¿oyes? Solo hoy —dijo Teresa desabrochándose la blusa y dejando sus pechos al descubierto. Eran redondos y muy blancos. El temblor volvió a la espalda de Daniel. Luego se puso a jadear y a reír.

Desde aquella noche han pasado bastantes días, y cada vez estamos peor. Daniel se marcha de casa a cualquier hora, lo mismo durante la noche que durante el día, y las demás ardillas me preguntan «pero dónde está el grandullón, cuándo volverá», y yo no tengo más remedio que responderles, «pues no lo sé, ya no es el mismo de antes, la musiquilla ha desaparecido de su cabeza y no volveremos a escuchar aquellas notas, do do mi mi mi mi fa sol fa mi sol sol fa mi re fa fa mi fa sol, y realmente estoy muy inquieta, y la gente de la casa también está muy inquieta, su hermano Paulo al menos sí que lo está». Por otro lado, ya nadie se acuerda de nosotras en esta casa, ya nadie nos trae avellanas o nueces al desván, ni tampoco agua, y así nos va, muy mal nos va, sobre todo con el calor que hace, y por eso le pido a la voz, se lo pido todos los días, que nos libere de nuestro compromiso de acompañar a Daniel y nos permita volver a los avellanos que están junto al riachuelo, que allí no nos faltará agua, ni tampoco comida.

# El pájaro reanuda su relato

*Vida de Paulo. Conversación con Carmen. El amor de Teresa*

Después del entierro de su padre, Paulo volvió a lo que era su forma de vida habitual desde el día en que dejó la escuela para entrar en el aserradero. Se levantaba muy temprano, antes de las siete de la mañana, y trabajaba en la sierra mecánica hasta que, a eso de las once, los obreros le llamaban para que los acompañase al hostal de la plaza para el almuerzo. Terminado el descanso, volvía al trabajo hasta las dos, hora en la que subía hasta su casa para comer con Daniel. Pero a las cuatro ya estaba de nuevo en el aserradero, y allí se quedaba hasta que las campanas de la iglesia sonaban tristemente anunciando que las sombras de la noche ya estaban allí, en el cielo de Obaba.

La rutina no lo dominaba todo. Había cosas nuevas en su vida, cambios sutiles. Ahora se despertaba solo, sin que nadie llamara a la puerta de su habitación para avisarle de que era hora de levantarse, y un rato después, cuando bajaba por el camino de la colina o se ponía junto a la sierra mecánica, creía ver un vacío, una especie de hombre hecho de humo o de aire que se movía igual que se había movido siempre su padre. Pero aquello no lo alteraba. Lograba sobreponerse a la nueva situación, a sus miedos, a su soledad, y se mostraba como el mismo de siempre, un chico serio, de pocas palabras, tranquilo.

En cuanto a mí, solía permanecer en los alrededores del aserradero, moviéndome por los alisos de la orilla del río o acercándome hasta la caseta donde los obreros se cambiaban de ropa, sin atreverme a ir más allá porque el polvillo de la madera me asfixiaba. Solo durante la noche lograba estar junto a Paulo, mientras él cenaba o descansaba en su habitación. Dormía muy poco, de dos a seis y media de la mañana, más o menos.

Después de unas semanas, aquella rutina, aquella calma que, en general, se respiraba en todo Obaba, comenzó a preocuparme. A pesar de que estábamos en la época más calurosa del verano, había momentos en que sentía frío. «Algo malo va a ocurrir», pensaba.

Procuraba escapar de aquella impresión concentrándome en otras cosas, mirando por ejemplo las manzanas que, como todos los veranos, llevaba el agua del río. Veía cómo se bamboleaban al caer por las pequeñas cascadas, cómo se hundían y reaparecían entre la espumilla, cómo giraban luego en los remolinos, cómo seguían por fin río abajo y, tras pasar por debajo de un puente, se dirigían hacia el mar. Aquel movimiento de agua y manzanas me entretenía mucho. Pero ¿alejaba de mí los pensamientos sombríos? No siempre. Casi sin darme cuenta, la imagen de Paulo volvía a mi mente. Lo veía caminando como un hombre, trabajando como un hombre, hablándole a su hermano como un hombre, pero sufriéndolo todo con un corazón que todavía no era de hombre y que casi no podía con la carga que le había sobrevenido tras la muerte de su padre.

Las manzanas que traía el río eran al principio verdes, manzanas pequeñas que, nada más nacer entre las hojas, habían sido arrancadas y lanzadas al agua. Más tarde aparecieron otras, amarillas o rojizas, que se magullaban al golpearse contra las piedras y que acababan deshaciéndose en el agua. El tiempo pasaba, el verano llegaba a su madurez. Alrededor del río, los campos de maíz levantaban muros de un verde más intenso que el de la hierba. Junto a las casas de Obaba, en las huertas, los tomates se habían vuelto grandes y rojos.

A Paulo le gustaban aquellos tomates grandes y rojos, y los comía diariamente, mientras bromeaba con Daniel o comentaba con la anciana que se encargaba de las labores de la casa las novedades de Obaba o alguna anécdota del aserradero. Todo parecía entonces normal, como si en aquella casa la vida discurriera por un camino tan seguro como el que seguía el tren que tanto les gustaba ver a los dos hermanos. Paulo se mostraba cada vez más repuesto de la pérdida de su padre; Daniel era feliz jugando con sus ardillas. Sin embargo, yo sabía que aquella tranquilidad tenía mucho de falsa. Paulo seguía sin poder conciliar el sueño. Además, a medida que pasaba el tiempo, la situación empeoraba y sus noches se llenaban de pensamientos desagradables en los que, casi siempre, aparecía Sara, la mujer que había sido su madre. Ella le hablaba de cosas que yo no conocía, y luego se echaba a llorar advirtiéndole que tuviera cuidado, cuidado con Daniel y cuidado con el hermano de su padre, el tío Antonio.

—Hazme caso, Paulo —decía su madre. Era una mujer de pelo blanco, casi tan mayor como la anciana que se encargaba de la casa, pero más elegante—. Debes tener cuidado con el tío Antonio. Él quiere quedarse con el aserradero. Pero el aserradero es tuyo. Primero fue mío y luego, de tu padre y mío, porque tu padre trabajó mucho para sacarlo adelante, pero en el futuro tiene que ser solo tuyo. ¿Me oyes, Paulo?

—Sí, madre —respondía Paulo con voz de niño.

—Por eso no quiero que vayas a casa del tío Antonio. No tienes por qué hacer amistad con tu prima Carmen. Ten los amigos y las amigas que quieras, pero no le des confianza a ella.

—Sí, madre —repetía Paulo con aquella voz de niño—. Si el tío Antonio viene al aserradero, no le dejaré entrar.

Cuando el que aparecía en sus pensamientos era su padre, Paulo volvía a escuchar los consejos que le había dado en la hora de su muerte, cuida de Daniel, no es un trapo, tienes que ocuparte de él, y entonces se levantaba de

43

la cama e iba hasta la habitación de su hermano para ver qué tal estaba. Generalmente, lo encontraba dormido, pero aun así no había noche en la que no le hiciera un par de visitas.

No sé durante cuántas noches se repitió aquello. Durante muchas, desde luego. Paulo estaba cada vez más cansado, más débil, más ojeroso.

«¿Qué puedo hacer por él?», pensaba yo.

Un día, casi sin querer, encontré la manera de ayudarle. Ocurrió que me acerqué más que otras veces a su cama y que Paulo se fijó en mí. Pues bien, le extrañó tanto que hubiera un pájaro en su habitación que se olvidó de pensar, se olvidó de escuchar las voces de su padre y de su madre. Poco después —yo no dejé de moverme durante todo ese rato— estaba dormido. En adelante, hice lo mismo cada noche. Y Paulo recobró la salud. Descansaba bien y solo se levantaba cuando se acordaba de Daniel. Entonces iba a la otra habitación y se sentaba en la cama de su hermano.

—¿Qué pasa, Paulo? —le decía Daniel cuando lo veía junto a él.

—¿Estás bien? —le preguntaba Paulo.

—Sí, estoy muy bien.

Ahí se acababa la conversación, porque Daniel volvía a quedarse dormido. En realidad, aquel monstruo vivía mejor que Paulo. Se pasaba el día jugando con los niños en la plaza, o haciendo castillos o figuras con los montones de serrín del aserradero, o divirtiéndose con las ardillas del desván. Además, no era Paulo el único que se preocupaba de su suerte, también la anciana que se encargaba de la casa procuraba tenerle contento. Le dejaba caramelos en los rincones. Daniel no se daba cuenta de nada.

—Son de las ardillas, Paulo —le decía a su hermano.

—¡Qué suerte tienes! ¡Caramelos todos los días! ¡Ahora sí que te vas a poner gordo de verdad!

A Daniel le bastaba oír esas palabras de su hermano para echarse a reír como un loco.

«Es un monstruo —pensaba yo—. Pero un monstruo inocente».

Estaba equivocado. Muy pronto, Daniel cambió. Adquirió nuevas costumbres, como la de salir de casa al atardecer, a escondidas, y no regresar hasta muy entrada la noche.

«¿Adónde irá?», me preguntaba.

Algo después, una noche de luna llena, Paulo cayó en la cuenta de lo que estaba pasando, y se inquietó aún más que yo. Repasó mentalmente los sitios donde podría estar su hermano —el aserradero, la plaza de Obaba, el río— y luego se marchó colina abajo corriendo. Pasó la mayor parte del tiempo rastreando las orillas del río. Llegó a pensar que Daniel se había ahogado.

Pero no se había ahogado, ni mucho menos. Daniel volvió por su propio pie a casa y, con una malicia que hasta entonces no se le conocía, entró en su habitación procurando no hacer ruido.

—¿De dónde vienes? —le preguntó Paulo sorprendiéndole en el pasillo.

Daniel le miró frunciendo la boca y como diciendo: «Vete, déjame en paz, tú ya no eres mi guardián». Luego se metió en su habitación y dio un portazo. Paulo se quedó en el pasillo, sin atreverse a entrar tras él. Estaba desconcertado. Ya no tenía autoridad sobre Daniel. Todavía peor, la confianza que siempre había existido entre ambos había desaparecido de golpe, con aquel portazo.

La actitud de Daniel se volvió cada vez más rara. No quería saber nada de las ardillas ni de los niños que solían jugar con él en la plaza, y tampoco quería saber nada de Paulo. Solo quería salir de casa y estar cerca de la chica que le daba las tartas y los pasteles, Teresa. Por eso acudía todas las noches a la carretera o, cuando aún era de día, al taller de costura donde ella aprendía a coser.

—¿Me dejas que vaya contigo? —le dijo Paulo una vez.

—No, tú no —respondió él moviendo la cabeza como un buey.

Las voces que Paulo oía por las noches, las voces de su madre y de su padre, se volvieron apremiantes.

—Escucha, Paulo, escucha —le decía Sara, su madre—. Vigila a tu hermano, vigílale de cerca, porque tu hermano es como un animal. ¿No te has dado cuenta de que le gusta andar desnudo? ¿Y su mano? ¿No te has fijado en dónde la tiene siempre? Entre los muslos, Paulo, siempre se está tocando. Porque no tiene alma, Paulo, porque es como una bestia.

—Cuídalo, Paulo, cuídalo —le decía su padre—. No hagas caso de lo que te dice tu madre. Ella está enferma, le fallan los nervios desde que vosotros erais pequeños, y muchas veces dice cosas que no debería decir. Dice que Daniel es un animal y que habría que encerrarlo, pero eso no es verdad. El chico no es malo. Y tu obligación es cuidarlo. Cuídalo, Paulo, cuídalo.

—Tu padre es un hombre bueno, pero no se atreve a encarar la realidad —lloriqueaba su madre—. Si no vigilas bien a Daniel, te arrepentirás. Y lo mismo te digo del tío Antonio, aunque por otras razones.

Paulo se revolvía en la cama, asustado de lo que oía, más asustado aún cuando relacionaba aquellas palabras con el cambio de actitud de su hermano.

Una noche, escuchó ruidos en la casa y decidió acercarse a la habitación de su hermano. En el fondo, deseaba recuperar la confianza que hasta hacía poco había tenido con él. Pero le esperaba una sorpresa desagradable. Daniel estaba desnudo sobre la cama, y un líquido pegajoso cubría el vello rubio de su vientre y de su pubis.

Sin saber bien lo que hacía, Paulo dio unos pasos hacia el armario que había a la derecha de la puerta.

—¡Es mía! —chilló Daniel levantándose de la cama y dándole un empujón.

—¡¿Qué me has hecho?! —se quejó Paulo. El empujón lo había tirado al suelo.

—¡Mía! —volvió a chillar Daniel abriendo el armario y sacando de él una tarta. Era de chocolate.

—¡¿Por qué me has empujado tan fuerte?! ¡Me has hecho daño! —protestó Paulo sin reparar en la tarta.

—¡Es mía! ¡Es mía! —repitió Daniel. Desnudo como estaba y dando aquellos chillidos, parecía efectivamente una bestia.

De pronto, me sentí mal y decidí escapar de aquella casa. Busqué la ventana de la habitación y me alejé en la noche.

No sé cuánto tiempo pasé fuera. Solo sé que en mi huida vi bosques y montañas que nunca antes había visto, y que al final, cuando ya estaba muy cansado, llegué al árbol del torrente. Esperaba encontrar allí a los otros pájaros de mi grupo, pero el árbol estaba vacío.

—Vuelve —escuché entonces. Era la voz, de nuevo. Como siempre, parecía surgir del silencio y de mi interior.

Igual que la primera vez, volé valle abajo hasta que el torrente adquirió la anchura y la profundidad de un río, y luego seguí volando por encima de los alisos hasta llegar al aserradero. No había nadie allí, y la sierra mecánica estaba parada. Decidí subir hacia la casa.

El ambiente que encontré me pareció raro. Las ardillas estaban apiñadas en el desván, con aspecto enfermizo, y el perro de la entrada, tumbado dentro de su caseta, parecía indiferente a todo lo que sucedía alrededor. En cuanto a la anciana, estaba sentada en la cocina, sin hacer nada.

«¿Dónde andará Paulo?», pensé.

Me acordé entonces de la tarta que había aparecido en el armario de la habitación de Daniel, y de la carretera que unía Obaba con el pueblo del tren, y de las chicas que traían dulces en sus bicicletas. «Paulo ha ido tras Daniel», decidí.

Cuando emprendí el vuelo en su busca solo había unas pocas estrellas en el cielo, y el calor que después de un día de sol desprendía la tierra llenaba el aire de bruma. A pesar de ello, no era difícil distinguir en la carretera la luz de los faros de un grupo de bicicletas.

«Ahí vienen las chicas», me dije.

47

Encontré a Paulo enseguida. Apoyado en un mojón de la carretera, vigilaba con la mirada a su hermano, que estaba un poco más abajo, junto a una curva, rodeado de chicos. Al poco tiempo, las chicas de las bicicletas hicieron sonar sus timbres y todos los chicos se pusieron a chillar de alegría. Daniel se abría paso a empujones. Me llegó el olor de las tartas y los pasteles.

«¿Quién será la que le regala las tartas a Daniel?», pensó Paulo.

El faro de una de las bicicletas se volvió a encender. Una de las chicas pedaleaba hacia donde estábamos.

—¿Te apetece? —dijo deteniéndose junto a Paulo y ofreciéndole un pastel. Tenía la voz agria.

El pensamiento de Paulo retrocedió hasta los días anteriores a la muerte de su madre, y vio una casa, no la suya, sino otra más pequeña situada junto a un puente, y se vio también a sí mismo cuando tenía unos siete años, acompañado de una niña y haciendo una presa de piedras en un remanso del río. Antes de que la imagen desapareciera de su cabeza, un hombre con sombrero hacía una fotografía a la presa, con él y la niña sentados en la misma piedra. Supe que el hombre del sombrero era el tío Antonio y que la niña, su hija, era Carmen, la misma que ahora estaba parada junto a Paulo.

—Vaya, eres tú —le dijo Paulo a la chica sin ni siquiera fijarse en el pastel que le ofrecía.

—¿Quién querías que fuera? —dijo ella dejando el pastel en la cesta que colgaba del manillar de la bicicleta. Su voz seguía siendo agria, pero ahora tenía un deje de burla.

Paulo no quería entretenerse. Solo quería saber el nombre de la chica que le regalaba tartas a su hermano, y luego irse a casa.

—¿A qué viene todo este lío? —preguntó. Estaba muy serio.

—No es un lío. Es una fiesta —le corrigió la chica—. Hacemos felices a los niños sin pedir nada a cambio. Por si no lo sabías, nos estamos convirtiendo en excelentes reposteras —añadió con afectación, como imitando a alguien.

—A mí me estáis causando problemas —dijo Paulo.

—¿Problemas? ¿A ti? ¿Por qué te estamos causando problemas a ti? —se rio la chica.

—Lo sabes de sobra.

—Pues no. No lo sé.

Paulo estaba nervioso. Miró por un instante hacia la curva y resopló ligeramente.

—¿Quién le da las tartas a Daniel? ¿Tú, Carmen?

—¿Yo? ¿A ese gordo? ¡Estás loco! —volvió a reírse la chica.

—Entonces sigue tu camino. No tengo ganas de hablar contigo.

—Eres un desgraciado, Paulo. ¡Qué mala suerte has tenido!

Se compadecía de él. O se burlaba. Antes de que Paulo tuviera tiempo de responder, las otras chicas pasaron junto a ellos haciendo sonar sus timbres y saludando alegremente. Después de las chicas, pasaron los niños, la mayoría de ellos comiendo un pastel o un trozo de tarta.

—Pobre primo mío —insistió Carmen poniendo un pie sobre el pedal de la bicicleta. Parecía envalentonada por el mutismo de Paulo—. No debería decirte nada, porque no te lo mereces, pero aun así voy a hacerlo. La gente no habla bien de ti, Paulo. No entiende esa manía tuya de no salir de casa y no querer tratos con nadie. O mejor dicho, lo entiende muy bien, demasiado bien, diría yo, porque se considera que eso es soberbia, y no amor por tu pobre hermano. Así que escucha el consejo de una persona de tu misma familia, Paulo. Tienes que cambiar. Tienes que dejar que nos encarguemos de Daniel, repartir entre todos esa carga. Si no lo haces, acabaremos pensando que has salido a la tía Sara, que se tenía por una marquesa y despreciaba a todo el mundo.

«Esta chica es una serpiente», pensé.

Paulo seguía callado y sin moverse. A pesar de las estrellas, la noche estaba oscura.

—Ahora te voy a decir otra cosa —prosiguió Carmen sopesando cada palabra. El tono de su voz había cambiado y era más persuasivo—. Todavía queda gente en el pueblo que te mira con buenos ojos, pero si tú sigues sin querer saber nada de nadie, incluso ellos te dejarán de lado. No querrás que se pasen la vida esperando. Supongo que tendrás que poner algo de tu parte.

—¿Has dicho ya todo lo que tenías que decir?

Por la mente de Paulo acababa de cruzar una escena que tuvo lugar en la cocina de su casa unas semanas después de la muerte de su madre. Él tenía unos diez años, y le preguntaba a su padre por algo que le había contado su prima Carmen:

—Me ha dicho que, como nos hemos quedado sin madre, ella y su familia vendrán a vivir con nosotros, y que nos cuidarán muy bien. ¿Es eso verdad?

—No, Paulo. Carmen no vendrá a nuestra casa, y los tíos tampoco —le respondía su padre, que aquel día vestía camisa blanca y jersey negro de pico—. Se lo prometí a Sara. Ella pensaba que a ellos solo les interesa nuestro dinero, no tu bienestar o el de Daniel. De todos modos, no te preocupes. Buscaremos a una mujer que nos haga los trabajos de casa y saldremos adelante.

Carmen movió los pedales hacia atrás haciendo sonar la cadena de la bicicleta.

—¿Y tú? ¿Has dicho ya todo lo que tenías que decir? —preguntó a Paulo elevando la voz.

«Ella sí que es soberbia», pensé.

—Aléjate de mi vista.

Paulo se expresaba con seguridad, pero en su interior las cosas no estaban tan claras. Carmen le daba un poco de miedo.

—Alejarme de ti no me costará nada —dijo ella.

Luego se dirigió hacia el pueblo muy despacio, pedaleando con desgana.

Antes de volver a casa, Paulo miró hacia la curva. A pesar de la oscuridad, creyó ver a alguien. ¿Sería Daniel? No, no era Daniel, sino una de las chicas. Al parecer se había quedado rezagada. De pronto, la luz del faro de su bicicleta se iluminó y comenzó a acercarse.

—Buenas noches, Paulo —dijo al pasar por su lado.

Creí que iba a detenerse, pero no lo hizo.

—Adiós, Teresa —respondió Paulo.

«Quiero saber quién es esa chica», pensé. Algo en el tono de su voz me había llamado la atención.

Supe entonces que ella era la que le daba los pasteles y las tartas a Daniel, y que le hacía aquellos regalos pensando en Paulo, porque estaba enamorada de él.

«Claro, los dos son jóvenes», pensé, e inmediatamente, como llevado por un impulso, eché a volar tras ella. Aquel enamoramiento me parecía conveniente, algo que Paulo necesitaba para olvidar a sus padres y todo lo que estos le habían dicho antes de morir.

Cuando la alcancé, tuve una sorpresa agradable. Podía escuchar el pensamiento de Teresa tan bien como el de Paulo. Supe así que llevaba más de un año sin poder quitarse de la cabeza la imagen del chico. A veces hacía esfuerzos por olvidarlo, pero era inútil, porque bastaba que ella tomara esa decisión para que se lo encontrara en todas partes, delante del taller de costura, por ejemplo, o entrando en la iglesia, o caminando con Daniel hacia la estación del tren. Sin embargo, y por decirlo así, lo peor venía luego, porque le entraban unas ganas irresistibles de hablar de aquel chico, actitud que le atraía muchas burlas, sobre todo las de Carmen.

—¿Sabes lo que oí el otro día en la radio? —le decía su amiga de voz agria—. Pues que en Grecia, a las personas que siempre andan con la misma idea las llamaban idiotas. Así que ten cuidado. Te veo bastante idiota últimamente.

—Pero ¿qué dices? —protestaba ella.

—Te lo digo en broma, mujer. Pero más vale que te des cuenta. Solo hablas de Paulo. Estás enamorada.

—Pues no lo estoy.

Pero al final, al menos ante sí misma, acababa admitiéndolo. Le gustaba aquel chico, y ese sentimiento explicaba muchas cosas, entre ellas la tristeza que a menudo la invadía. El problema era que Paulo llevaba una vida muy retirada y que, como le decían sus amigas, estar enamorada de él venía a ser lo mismo que estarlo de uno de aquellos chicos que dejaban Obaba y se marchaban a trabajar a California o Idaho. Claro, eso era una exageración, porque verle sí le veía, muchas veces, aquí y allá, pero siempre un momento, siempre de paso, nunca por ejemplo en el baile de los domingos o en las fiestas de Obaba. Cuando, con la ayuda de Carmen, conseguía llevar a todas sus amigas a pasear por los alrededores de su casa, lo único que lograba era que él se asomara a la ventana y la saludara. Su deseo era que las invitara a entrar y pasarse la tarde charlando con él, pero entre la familia de Carmen y la de Paulo había habido algo, un enfado entre parientes, y también esa clase de encuentro era imposible. En aquellas ocasiones, ella recogía un poco de musgo o alguna fruta caída por allí y lo guardaba en su mesilla de noche como recuerdo, pero recuerdo de casi nada, de unos ojos azules que le dirigían una mirada rápida y unos labios finos que la saludaban con un parco «Hola, Teresa».

Esos eran los pensamientos de Teresa cuando llegó a la plaza. Vio que Carmen estaba sentada en un banco de piedra y se dirigió hacia ella.

«Es hora de volver», pensé.

Pasé por encima de sus cabezas y volé hacia la casa de Paulo. En el cielo, el número de estrellas había aumentado mucho. Ahora eran miles y miles.

# Relato de la estrella

*Charla informal entre dos amigas*

La noche invitaba a quedarse charlando en el banco de piedra, sobre todo por nosotras las estrellas, que cubríamos el cielo de Obaba casi completamente; pero a las dos chicas les quedaba todavía un buen trecho para llegar hasta sus casas, y echaron a andar con las bicicletas al costado.

—¿Qué te ha dicho? —preguntó Teresa con cierta ansiedad.

—¿Decirme? ¿Decirme ese a mí? ¡Yo sí que le he dicho cuatro verdades! —respondió Carmen.

Teresa se sentía intranquila por las tartas y los pasteles que le regalaba a Daniel. Ignoraba si aquel muchacho seguía las instrucciones que ella le daba, no le cuentes nada a Paulo, mira que si se lo dices no te vuelvo a regalar nada, y se temía lo peor: que además de lo de los pasteles —cuestión que, al cabo, no dejaba de ser una tontería—, también le hubiera contado lo ocurrido el día en que él no dejaba de llorar. ¿Había hecho mal? Ella consideraba que no, puesto que su intención no había sido otra que la de acabar con el sufrimiento de una persona, cosa que le habían recomendado siempre, tanto en la escuela como en la iglesia; pero de todos modos no estaba segura, porque el contacto de las manazas del chico en sus pechos le había producido un escalofrío de placer, una sensación que ella ahora revivía casi todas las noches en su cama imaginando que era Paulo y no Daniel el que la tocaba y acariciaba. La duda se había movido en su interior durante varias semanas, y ahora, mientras iba hacia su casa en compañía de

Carmen, solo quedaba de ella su núcleo, lo único que desde el principio le había importado: ¿qué opinaría Paulo si llegaba a enterarse? Que el sacerdote o la maestra de Obaba le hicieran pasar vergüenza no le importaba, como tampoco le importaba demasiado la opinión de sus amigas; pero la posibilidad de que Paulo la rechazara a causa de aquello la asustaba. ¿Cómo seguir adelante después de ese rechazo? ¿Cómo seguir viviendo? Porque, mientras se mantuviera la duda —la duda de si ella le gustaba a él—, la vida seguía siendo soportable. Ella podía continuar imaginando que algún día se tumbarían desnudos en la misma cama, y aliviar con esa esperanza el peso de los peores momentos, los del invierno de Obaba.

—No me estás escuchando, Teresa. ¿En qué piensas? —preguntó Carmen cuando acabó de contarle su conversación con Paulo.

—He escuchado casi todo lo que has dicho. Lo siento. Estoy bastante preocupada —dijo Teresa.

Habían dejado atrás las calles de Obaba y marchaban por un camino que bordeaba el río.

—¿Qué es lo que te preocupa?

—Daniel. Me preocupa Daniel. No me deja en paz. Antes solo buscaba mis pasteles. Ahora me busca a mí, y a todas horas. Ya ves lo que pasa cuando estamos en el taller de costura.

El taller tenía una ventana que daba a la calle. Daniel se apoyaba en el alféizar y se quedaba toda la tarde mirando a las chicas que iban allí a aprender a coser. Mirándola sobre todo a ella.

—Pues no te preocupes demasiado y piensa en la manera de sacar provecho a tu relación con Daniel —dijo Carmen con una sonrisa maliciosa.

—A la relación que él tiene conmigo, querrás decir.

—De acuerdo, Teresa, pero no seas tan puntillosa. Entiende lo que te quiero decir. Daniel puede ser un puente para llegar hasta Paulo. Imagina por ejemplo que lo metemos en el taller de costura, que lo hacemos entrar. ¿Qué pasará entonces? Pues no lo sé muy bien, pero lo más probable es que ese gordo no quiera salir de allí nunca más, porque será tonto, sí, pero las chicas le gustan más que a cualquier hombre de Obaba. Y claro, cuando ocurra eso, alguien tendrá que ir a avisar a Paulo, y a él no le va a quedar otro remedio que venir al taller para llevárselo. Una oportunidad excelente para ti, Teresa. Podrás hablar con él.

—Ya te entiendo. No me parece mal —dijo Teresa mirando hacia nosotras las estrellas.

—Ten en cuenta que pronto serán las fiestas del pueblo. Si para entonces has conseguido hablar un par de veces con él, la cosa será más fácil. Con un poco de habilidad, podrás sacarlo a bailar. Ya sabes, Paulo es de los que necesitan un empujoncito.

Carmen se rio al acabar la frase. Había cierta falta de armonía entre su risa y sus palabras.

—No creo que consiga bailar con él —suspiró Teresa—. El año pasado ni siquiera se acercó a la plaza. Así que este año, con lo de la muerte de su padre, todavía será peor. Eso es lo que no me gusta de él. Que sea tan cobarde.

—No es culpa suya, Teresa —dijo Carmen con gravedad.

Ella sabía que el reproche de su amiga no iba de veras, pero no podía desaprovechar la ocasión de crear un clima de mayor confianza entre ellas. La gente no hablaba de sus cosas íntimas gratuitamente, exigía secretos a cambio de secretos, y ella estaba dispuesta a iniciar el intercambio. Sabía que, a la larga, el trato le resultaría favorable.

—Paulo es huidizo o, como dices tú, cobarde —continuó Carmen bajando mucho la voz—. Pero toda la culpa es de su madre. Tú quizá no estés enterada, pero la tía Sara, no sé cómo decírtelo, era una enferma. Estaba siempre alterada y hablaba mal de todo el mundo. Hablaba mal incluso de la gente de su familia, decía por ejemplo que mi padre quería quedarse con el aserradero, como si mi padre fuera un ladrón. Claro que, pensándolo bien, no era suya toda la culpa. Si no hubiera tenido un hijo como Daniel, a lo mejor habría sido una mujer normal. Solo que lo tuvo y no lo fue. Fue una persona bastante retorcida. Ya te puedes imaginar cómo educó a Paulo.

—Me lo imagino —dijo Teresa.

—Eso explica el comportamiento de Paulo. Se cree responsable de todo lo que le pueda pasar a su hermano, y piensa que debe vivir para él. Pero eso es absurdo. Ya no es un niño para creer todo lo que le decían sus padres. Tiene que salir del cascarón de una maldita vez.

—Llevas razón. Alguna vez hay que empezar a desobedecer a los padres.

—Te voy a decir una cosa. Muy en serio, además —dijo Carmen deteniéndose y poniendo una mano en el hombro de Teresa—: Tú puedes hacerle mucho bien. De verdad. Tú puedes cambiar a Paulo y hacer que sea feliz. Porque ahora no lo es, en absoluto. Basta ver su aspecto para darse cuenta de ello.

—¿A qué te refieres?

—A su cara. Tiene la cara de los que no duermen. Seguro que sufre pesadillas.

—Es una desgracia —suspiró Teresa.

—Por eso te necesita. Te necesita mucho.

Teresa se quedó callada, pensando en Paulo, en su pelo rubio, en sus ojos azules, en su cara de chico serio, en su expresión huidiza, y el silencio que en aquel momento rodeaba a las dos chicas comenzó a llenarse con los sonidos de la noche. Ladró un perro; silbaron los sapos en la zona del río; más cerca, junto al camino, un grillo abrió y cerró sus alas produciendo un ruidito que recordaba, en miniatura, el timbre de una bicicleta.

—Entonces, meteremos a Daniel en el taller de costura, Carmen.

—Lo meteré yo misma. Déjalo de mi cuenta. Pero primero tendré que conseguir una silla lo suficientemente grande para él. Su gordísimo culo no cabe en las que utilizamos nosotras.

—Espero que todo salga bien.

—Claro que saldrá bien. Además, de alguna manera tienes que relacionarte con él.

—Podría escribirle una carta...

Era algo que Teresa había pensado muchas veces, escribirle a Paulo y decirle «me gustaría mucho salir contigo, pienso en ti día y noche, esperaré tu respuesta durante diez días, y si después de ese tiempo no tengo noticias tuyas, procuraré olvidarte y empezaré a mirar hacia otra parte». Pero no se atrevía a ser tan sincera. Eran los chicos los que debían tomar la iniciativa.

—No te rebajes escribiendo una carta y descubriéndote. En el mejor de los casos, te considerará una chica fácil. Sinceramente, creo que es mejor de la otra manera.

—De acuerdo. Lo haremos como tú dices.

—Mira, Teresa. No tengas miedo. Si las cosas salen mal, si por ejemplo a Paulo le da por enfadarse, yo seré la culpable. Me odiará a mí, no a ti.

Estaban llegando a la caseta donde guardaban las bicicletas. A partir de allí, cada una debía seguir su propio camino, Carmen hacia su casa junto al río, Teresa hacia la suya en una de las colinas de Obaba. Realizaron la operación sin decirse nada. Las bicicletas quedaron colgadas de una barra metálica que había dentro de la caseta.

—Lo que más me gusta de Paulo es su forma de silbar —dijo Teresa una vez fuera, sin decidirse a emprender el camino hacia su casa.

No era verdad, o al menos nunca lo había pensado hasta ese momento, pero el silencio que se había creado entre ambas la ponía nerviosa. En realidad, el plan de su amiga no acababa de convencerla del todo.

—Ahora dirás que es un artista —se rio Carmen.

—Don Ignacio dijo una vez que había muy poca gente con el oído de Paulo, y que podría ser músico.

Don Ignacio era el sacerdote de Obaba. Un día había sorprendido a Paulo silbando el *Magníficat* de Palestrina y se había quedado impresionado. Desgraciadamente, la madre del chico no había dado permiso para que formara parte del coro de la iglesia.

—¡Don Ignacio! ¡Otro que se pasa de listo! —exclamó Carmen.

—¿Por qué lo dices? —preguntó Teresa un poco sobresaltada por el cambio de tono de su amiga.

—No me hagas caso. Son cosas mías.

Carmen no se trataba con el sacerdote, y algo se encendía en su interior cada vez que oía su nombre. Don Ignacio era un hombre inteligente, más inteligente que ella misma, y descubría rápidamente lo que se ocultaba en el interior de las personas.

—Carmen, quisiera preguntarte algo —le había dicho una vez, después de abordarla a la salida del taller de costura—. Me gustaría saber por qué tienes dos rostros.

—Hábleme con más claridad, por favor —replicó ella.

—No te enfades conmigo, Carmen. Lo único que te quiero decir es que eres muy distinta según estés sola o con gente. Cuando te encuentras con tus amigas, o en medio de un grupo, siempre te veo orgullosa, siempre a punto de reírte de alguien. Pero en cuanto te quedas sola, aparece otro rostro. El de una persona apesadumbrada que casi no tiene fuerzas para levantar los ojos del suelo. En mi opinión, no puedes seguir así. No puedes seguir con tus dos rostros. Si para ello necesitas ayuda, la tendrás.

—Así que dos rostros... —había comenzado ella. Y luego, endureciendo la voz—: Entonces, dígame una cosa, don Ignacio: ¿en cuál de los dos luce mi mancha?

Carmen le señaló el enorme lunar que tenía de nacimiento y que le cubría buena parte de la mejilla izquierda.

—Eso no tiene que ver con lo que te estaba diciendo —protestó el sacerdote.

—¡Cómo que no! ¡Si tengo que dejar uno de mis rostros, que sea el de la mancha! —se rio ella.

—Para Dios no existen esas manchas, Carmen. Para Dios eres una chica bonita. Y para mí también.

—¡Qué pena que los demás no opinen lo mismo!

Carmen no había podido soportarlo más. Se había echado a reír como una loca para luego, de repente, ponerse a llorar con igual escándalo. Instantes después, enojada consigo misma por no haber sabido contener su emoción, había huido corriendo. Desde aquel día evitaba a aquel hombre.

—¿En qué estás pensando, Carmen? —le preguntó Teresa.

—No estaba pensando en nada. Miraba las estrellas, simplemente —mintió Carmen.

—Hay muchísimas, desde luego —dijo Teresa mirándonos.

—Me tengo que ir a casa. Ya nos veremos mañana.

—De acuerdo. ¿Cuándo te encargarás de lo de Daniel?

—Ya lo pensaré. Tú no te preocupes. Hasta mañana.

Carmen se alejó caminando sin prisa. Cuando llegó a la altura de su casa, dudó un poco y siguió adelante hacia la zona del río donde se bañaba de niña y donde tenía su «silla de piedra», una roca cuadrada situada en medio del remanso. Era su lugar preferido, el centro de su pequeño mundo. Iba allí cada vez que deseaba estar sola y pensar en sus cosas sin que nadie la molestara.

# Relato de la serpiente

## *Las palabras que traía el agua*

Entré en el río despacio y con elegancia, cumpliendo a la perfección las reglas de las serpientes, y sigilosamente, pues el sigilo también forma parte de nuestro código, me dirigí hacia una trucha que dormía en el fondo de un hoyo. Entonces, cuando iba a atraparla, cuando había apenas un palmo entre mi boca y su cola, algo falló. Me dominó un temblor y agité sin querer el agua. La presa escapó y yo comencé a maldecir.

—¡Calla! ¡Escúchame! —me interpeló una voz que nacía en mi interior. Me tranquilicé al instante. Allí estaba la causa de mi torpeza. No había fallado yo, ella me había hecho fallar. La voz interior.

—De acuerdo —dije—. Pero espero que algún día me compenses por lo que hoy me has hecho perder. No hay nada que me procure más placer que agarrar una trucha por la cola y dejarme llevar por ella a través del río. Y lo máximo de lo máximo es cuando a la trucha ya no le quedan fuerzas para seguir y yo la arrastro fuera del agua para que se asfixie. Así que la próxima vez...

—¡Cállate! —me interrumpió la voz, y yo cerré la boca.

Supe entonces que debía dejar la parte profunda del río y alcanzar la superficie.

—¿Con qué motivo? —pregunté. Aún seguía molesta. Odio perder una presa.

—Estate atenta a los sonidos que trae el río. Hay sonidos que nos interesan. Las palabras de una chica, sin ir más lejos —dijo la voz.

—Si no hay otro remedio, estaré atenta.

Lo dije por decir, porque con la voz nunca hay otro remedio, y comencé a nadar hacia la zona más superficial del río, que es la que más sonidos suele recoger. Una vez allí, miré alrededor y vi lo que no deseaba ver en aquellas circunstancias, es decir, vi caza, mucha caza, pájaros, ratones, un castor que estaba levantando una presa, una veintena de sapos que silbaban estúpidamente con su ridículo pecho abombado, y vi también, aquello fue lo peor, la trucha que se me acababa de escapar. Volví a maldecir.

—¡Cállate y mira hacia la chica! —me volvió a interrumpir la voz, y justo en ese momento sentí un golpe dolorosísimo en la cabeza, como si me hubieran dado con un martillo.

Aturdida por el golpe, corregí la mirada y examiné lo que había más allá de los deliciosos sapos y de la todavía más deliciosa trucha. Entonces vi a la chica. Estaba sentada en la roca que quedaba en medio del remanso. Con una de las manos sostenía sus zapatos; con la otra, se acariciaba la mejilla y el mentón. En la mejilla tenía una mancha negra.

«Vamos a ver en qué está pensando esta chica fea», pensé.

La corriente del río traía cientos de palabras, pero la mayoría de ellas se confundía con el ruido que hacía el agua al golpear contra las piedras. Además, la chica pensaba sin ningún orden, saltando de una cosa del pasado a otra del presente o del futuro sin transición. Al final, cuando ya me había aburrido del jueguecito de separar sonidos, me llegó una frase completa: «¿Cuántas razones tiene mi niña para estar contenta?».

Esa era la frase que, evocando alguna escena de su infancia, acababa de recordar la chica de la mancha. Era ridícula, desde luego, pero me obligué a seguir escuchando. No quería irritar a la voz.

La chica de la mancha hizo una consideración. Pensó que en la época de su infancia ella podía encontrar multitud de razones para sentirse contenta: la primera y más importante de ellas, el cariño de su madre; la segunda y también muy importante, el cariño de su padre; la tercera y también muy importante, el cariño que le tenía su primo Paulo. Sin embargo —siguió pensando—, todo aquello pertenecía a un tiempo muy lejano. Con el paso de los años, había comprendido con horror lo que suponía tener una mancha en la cara, y la felicidad había acabado para ella. Todos le habían fallado, más que nadie su primo Paulo.

Por un instante, volví a mirar hacia la trucha que se me había escapado. Allí seguía, junto a las raíces de un árbol, tan dormida como la última vez que la había visto. Si la chica de la mancha me hacía el favor de ser breve, la noche podía acabar bien.

«Ahora puedes desquitarte. Puedes devolver a Paulo el mal que te hizo», se dijo la chica a sí misma, y el agua trajo sus palabras como si fueran corchos.

«La venganza es maravillosa», pensé.

«Todo va a salir bien», pensó la chica.

Se acordó a continuación de una amiga suya, Teresa, y de unas tartas que regalaba al hermano de Paulo, un tal Daniel. Por lo visto, lo de los regalos deprimía mucho a Paulo.

«Quién se iba a imaginar que un animal como Daniel fuera capaz de encapricharse de Teresa —pensó la chica de la mancha acompañando sus pensamientos con una risa alegre—. Pero ha ocurrido. Ese gordo se pasa las horas en la ventana del taller de costura mirando a Teresa. Eso me facilita mucho las cosas».

No estaban del todo mal aquellos pensamientos, pero empezaba a aburrirme. En realidad, me aburre todo lo que huele a espera, a dilación. Según mi parecer, cuando alguien quiere tomar venganza debe olvidar las teorías más famosas, que apelan a la frialdad y a la paciencia, y atacar con rapidez, violentamente, aprovechando la enorme energía que proporciona la ira. Se lo hubiera sugerido a la chica, pero la voz me había colocado allí para escuchar y me era imposible comunicarme con ella.

—Pronto se morirá la tía, Carmen. Y cuando se muera, ya lo verás, todos nos iremos a vivir a su casa. A partir de ese día, Paulo y tú seréis como hermanos.

Al principio no entendí lo que oía, porque seguía con mis cavilaciones sobre la mejor manera de vengarse. Pero enseguida me di cuenta de que la chica, que parecía llamarse Carmen, estaba recordando una conversación que había tenido con sus padres años antes, en su época de niña.

—¿Seguro que se morirá? ¿Seguro que nos iremos a vivir a casa de Paulo?

—Seguro, Carmen.

Súbitamente, el agua se llenó de quejas. La chica se dirigía a Paulo pidiéndole explicaciones. ¿Por qué no había querido tenerla como hermana? ¿Por qué no había querido que vivieran juntos? ¿Acaso aquel cerdo de Daniel era mejor que ella?

«¿No te dabas cuenta de la ilusión que me hacía irme a vivir con vosotros?», suspiró. El tono era lamentable, el clásico tono de los débiles. «Me veías dibujando el plano de tu casa e imaginando en qué habitación iba a dormir cada uno, me veías haciendo proyectos, y tú me dejabas hacer aun a sabiendas de que aquella ilusión mía no se iba a cumplir. No te lo perdonaré nunca, Paulo».

«Eso último está mejor», pensé.

La chica siguió con sus recuerdos. La conversación que había tenido con su madre tras la muerte de la tía todavía le resultaba dolorosa.

«No iremos a vivir a casa de tus primos, Carmen». «¿Por qué, mamá?». «Por culpa de la tía Sara». «Pero, mamá, la tía ya se ha muerto». «Todavía no entiendes de estas cosas, Carmen. La tía obligó al tío a hacerle una promesa. Ella no quería que nos fuéramos a vivir todos juntos. Y no iremos. No al menos mientras tu tío siga con vida». «¿El tío se morirá pronto?». «No lo sé, Carmen. Pero algún día morirá».

Hubo un instante de silencio, hasta que la chica se puso a reír de una forma bastante rara. Acto seguido, las aguas trajeron la primera confesión interesante de la noche: «Parecía que no se iba a morir nunca. Menos mal que al final le ayudé un poquito».

Luego se enredó en una de sus reflexiones. Por lo que entendí, ella no había pensado en matar a su tío. Lo había deseado durante mucho tiempo, porque asociaba la desaparición de aquel hombre con su hermanamiento con Paulo, pero lo había deseado sin más, como se desean las cosas inalcanzables. Sin embargo un día, al pasar por delante del aserradero con una botella de aguarrás en el bolso, por pura casualidad, porque tenía que limpiar un mueble del taller de costura, tuvo la suerte o la desgracia de ver dos cosas a un tiempo: por una parte, un balde de agua con un trozo de hielo y una botella de sidra medio vacía, y por otra, la figura de su tío empapado en sudor junto a la sierra mecánica. De repente, algo la había impulsado a vaciar casi toda la botella de aguarrás en la de la sidra. Antes de darse cuenta de nada, su tío había bebido lo suficiente como para perforarse el esófago. Luego, al cabo de unas semanas, había muerto. Por fortuna, los policías encargados del caso no eran los más inteligentes de su promoción y ella había salido airosa de los interrogatorios.

La chica dejó la mente en blanco, y el agua se llenó con los sonidos de la noche. El viento movía las hojas de los alisos. Los sapos seguían silbando. A lo lejos ladraba un perro.

«Yo no quería hacerte daño, Paulo», continuó la chica volviendo a su tono quejumbroso, tan lamentable. «Pero ahora no me queda más remedio que seguir haciéndotelo. Estoy perdida para siempre. Para este mundo y para el otro. Lo único que me queda es vengarme».

Instantes después, el agua volvió a traer el nombre de la otra chica, Teresa. Al parecer, era bastante ingenua, y Carmen la engañaba con facilidad llevándola por donde más le convenía para sus planes.

«No sé cómo puedo ser una persona tan falsa», rio aquella Carmen. Una chica bastante interesante, en verdad.

«De lo que se trata es de llevar a cabo lo que uno se ha propuesto. Cuando hay que matar, se mata», pensé.

«No voy a matarle. Solo le haré sufrir. Le haré sufrir a través de Daniel», pensó ella como si acabara de oír mi reflexión. Quizá fuera así, quizá ambas estuviéramos conectadas por la voz.

«Ya se marcha», pensé al ver que se levantaba de la piedra y caminaba hasta la orilla del río con sus zapatos en la mano. Giré rápidamente hacia la zona donde estaba la trucha. Por suerte para mí, seguía allí. Libre por fin de mis obligaciones, comencé a nadar en su busca a nuestro estilo, con elegancia y sigilo.

# El pájaro reanuda su relato

*Una conversación seria. Discusión en el taller de costura*

Aquel verano el calor apretó hasta hacerse asfixiante, y las ardillas que tantas veces habían jugado con Daniel acabaron por morirse de sed. La anciana que se encargaba de las labores de la casa recogió sus cuerpecitos con la escoba y los arrojó a un hoyo cavado junto a un árbol, como si fueran basura. Así acabó su historia, de la peor manera posible.

Durante ese tiempo, es decir, durante el tiempo que duró la agonía de las ardillas, Daniel apenas aparecía por casa. Siempre que me ponía a pensar en él, lo veía en la carretera que va a la estación del tren esperando a las chicas de los pasteles, o si no en la ventana del taller de costura, o en los caminos del monte, o en los alrededores del río: siempre fuera y siempre, esta era la mayor novedad, siguiendo de cerca a la amiga de Carmen, la chica llamada Teresa. Era una visión que no me gustaba. Cada vez que me preguntaba sobre cómo terminaría aquello me acordaba de los peces negros que un día, al poco de llegar a Obaba, había visto moverse en el mar. ¿Había sido un mal augurio? No lo podía saber, pero aquella imagen me llenaba de aprensión al observar el comportamiento de Paulo. Cada día lo veía peor. Al mediodía comía poco, cenaba todavía menos, y cuando se metía en la habitación permanecía despierto durante horas, sin hacer otra cosa que esperar a su hermano. En esos momentos, la voz de su padre retumbaba en su memoria:

—Cuida siempre de Daniel. Cuida de tu hermano en todo momento, tanto si llueve como si luce el sol, tanto en junio como en cualquier otra época del año. Yo voy a morir muy pronto y tú eres el único que puede cargar con esa tarea. Habrá quien cuide del aserradero, pero si Daniel no te tiene a ti, no tendrá a nadie.

—No me obedece, padre —susurraba Paulo.

«No puedes quedarte en casa. Debes tomar medidas y controlar a tu hermano», pensaba yo.

No había señales de que las cosas fueran a cambiar, o esa era al menos mi impresión en aquel entonces, que Paulo no iba a reaccionar. Sin embargo, no le quedó otro remedio. Le obligó a ello don Ignacio, que así es como se llamaba el hombre vestido de negro, el sacerdote de Obaba. Un mediodía, al volver del aserradero, Paulo se lo encontró junto a la puerta de su casa, sentado en un banco de piedra. No parecía que la furia del perro ni sus ladridos le incomodasen.

—¡A la caseta! —gritó Paulo.

El perro se calló al instante y obedeció su orden.

—Siéntate aquí, por favor —le pidió don Ignacio a Paulo señalándole el banco de piedra—. ¿Qué tal andáis de trabajo? Estáis llevando mucha madera a la estación, ¿no?

—Así es. Enviamos la madera a Valencia —le informó Paulo sentándose a su lado.

—Estuve una vez en Valencia. También allí hace mucho calor.

—Eso decía la enciclopedia de la escuela.

Paulo estaba tenso, a la espera de las palabras de aquel hombre. No tardaron en llegar.

—Me gustaría decirte un par de cosas, Paulo. Una en general y otra en particular. Y como supongo que después de trabajar toda la mañana estarás cansado y hambriento, voy a hacerlo rápido. ¿Te parece bien?

—Me parece bien.

—Pues mira, Paulo, creo que a nuestra alma le sucede lo que a nuestros ojos, es decir, que se acostumbra a la oscuridad. Después de un tiempo, se olvida de lo luminoso y cree que fuera de las sombras no hay nada. Incluso en el caso de que le llegara un poco de luz, se negaría a aceptarla porque le resultaría desagradable, cegadora. ¿Me sigues?

—Claro que le sigo —dijo Paulo con determinación.

Extrañado por la rotundidad de la respuesta, don Ignacio titubeó:

—Pues bien, Paulo... Yo creo que, hablando en general, a ti te pasa eso. Has vivido mucho tiempo rodeado de desgracias, y te has acostumbrado a ellas. Tanto te has acostumbrado que ya no esperas otra cosa. Sin embargo, la vida tiene mucho que ofrecerte. Eres muy joven, y los jóvenes tenéis el tiempo a vuestro favor. Si no te empeñas en dar la espalda a la vida, todavía serás feliz.

—Lo tendré en cuenta —dijo Paulo en voz baja. Se sentía cohibido por la conversación. Le resultaba demasiado íntima.

—Bien, pasemos ahora a lo particular.

Don Ignacio se levantó y le dio la espalda. Desde aquella colina se dominaba todo el valle.

—Hasta ahora te he hablado como le hablaría a cualquier joven de tu edad. Ahora he de dirigirme a ti como lo que eres: el cabeza de familia, el responsable de tu hermano.

El sacerdote se dio la vuelta y le miró. Paulo bajó los ojos.

—Como usted quiera —dijo.

—Sabes cómo anda Daniel, ¿no? —preguntó el sacerdote mirando de nuevo al valle—. Yo te lo diré —añadió enseguida, antes de que Paulo tuviera tiempo de responder—. Anda sin control, persiguiendo a las chicas y dándoles unos sustos de muerte. Sin ir más lejos, ayer vino a verme la madre de Teresa. Por lo visto, Daniel se ha encaprichado de ella y se pasa toda la noche merodeando por su casa como un animal en celo.

—No lo sabía. De todas maneras, no creo que tenga malas intenciones. Es como un niño —reaccionó Paulo.

—Por favor, Paulo, escúchame —dijo el sacerdote con suavidad—. Hay que mirar a la realidad de frente. Es duro, pero hay que hacerlo. Es una de las obligaciones que tiene todo hombre. Es la obligación que tienes tú ahora.

—Está bien. De acuerdo.

—Al principio, yo era de tu opinión —prosiguió el sacerdote yendo hacia la caseta del perro y volviendo luego sobre sus pasos—. Pensaba que Daniel no tenía maldad y que las cosas que me contaban de él eran habladurías. Pero después de la conversación que tuve con la madre de Teresa he estado indagando por ahí, y las opiniones coinciden. Algunos lo expresan con más suavidad que otros, pero todos hablan del apetito sexual de tu hermano. ¿Comprendes, Paulo?

—La gente de Obaba siempre ha hablado mal de nosotros.

—No deberías decir eso, porque no es verdad. No es verdad en absoluto. ¿Ves como siempre miras el lado malo? ¿Ves como miras hacia las sombras? —dijo el sacerdote deteniéndose en su ir y venir y elevando la voz. Pero enseguida volvió a su tono conciliatorio—. Las cosas todavía tienen arreglo, Paulo. Si cuidas de tu hermano, si no lo dejas solo, todo irá bien.

—Últimamente no me obedece.

—Pues haz que te obedezca. De lo contrario, no sé qué va a pasar. ¿Sabes lo que me han dicho algunos? Pues que debería estar encerrado en alguna institución.

—¿Encerrado? ¿Fuera de Obaba? —dijo Paulo levantándose.

—Más vale que esté encerrado que haciendo marranadas por ahí —respondió el sacerdote con sequedad. Pero, una vez más, cambió de tono enseguida—. De todos modos, todavía no estamos en esa tesitura. Si consigues que tu hermano se comporte con mesura, no ocurrirá nada.

—De acuerdo. Lo intentaré.

—Tú eres el único que lo puede conseguir. Si tuviera algo de entendimiento, yo me ocuparía de él. Pero no lo tiene, y solo podemos llegar hasta él mediante el afecto.

—Lo intentaré —repitió Paulo—. ¿Quiere beber algo antes de marcharse? —preguntó a continuación, viendo que el sacerdote iba a despedirse.

—Gracias, Paulo, pero he de volver a la iglesia. Por cierto, ¿sabes dónde está ahora mismo tu hermano? Pues donde ayer, en el taller de costura. Al parecer, no hay forma de sacarlo de allí.

—No creo que se quede mucho tiempo. Enseguida se aburre de estar quieto.

—Ayer no se aburrió, pero, en fin, esperemos que todo salga bien —suspiró el sacerdote.

Agitó la mano en señal de despedida y desapareció colina abajo. Caminaba ligero, como si la conversación le hubiera quitado un peso de encima.

Después de comer, Paulo bajó al aserradero y permaneció allí, trabajando en la sierra mecánica, hasta media tarde. Paró entonces la máquina y anunció a los obreros que trabajaban con él que iba a hacer un recado. No me extrañó. No había dejado de darle vueltas a la conversación con el sacerdote. Buscaría a Daniel, lo traería a casa, haría que le obedeciese.

Se sacudió los pantalones con el pañuelo que había llevado en la cabeza y las motas de polvo y de serrín se le metieron en la boca y le hicieron toser.

—Tranquilo, Paulo —le dijo uno de los obreros sonriendo.

Enfadado consigo mismo por su torpeza, se cambió de ropa a toda prisa y salió corriendo. En los alrededores —en la plaza de Obaba, en las calles, en las ventanas de las casas— no se percibía ningún movimiento. Incluso el río parecía haberse detenido, como si en lugar de agua tuviera grillos. El cricrí de los insectos se concentraba allí para extenderse luego, ladera a ladera, por las colinas y las montañas. Más arriba, el cielo era una mezcla de blanco y azul, y el sol, una mancha de aceite.

El taller de costura se encontraba en la calle mayor, no muy lejos de la plaza y de la fuente principal del pueblo. Acudían allí las mismas chicas que más tarde, al anochecer, iban en bicicleta al pueblo vecino para aprender repostería y luego volvían con pasteles y tartas. A la llegada de Paulo, las chicas estaban preparando docenas de cintas de adorno, anchas y de colores chillones, muy rojas, o muy azules, o muy amarillas. Por lo visto, eran para la gran fiesta de Obaba, que se celebraba a finales de verano.

Paulo estaba parado en la acera, indeciso.

«No debe tener miedo. Hace lo que tiene que hacer», pensé.

—Buenas tardes —dijo al fin, apoyándose en el alféizar de la ventana abierta.

Cuando las chicas que estaban cosiendo o bordando se dieron cuenta de su presencia, pusieron cara de sorpresa y ocultaron apresuradamente las cintas. Una corriente de aire removió los pedacitos de tela y los hilos que había por el suelo.

«¿Por qué esconden las cintas?», pensé.

Supe entonces que aquellas cintas eran secretas. Hasta el día de la fiesta, nadie debía saber de quién era cada una de ellas. Yo me había fijado en la que estaba bordando Teresa. Era roja y con estrellitas doradas.

—No perdáis la calma, por favor —dijo una de las chicas con un deje de burla. Era Carmen, la de la voz agria—. No creo que Paulo tenga intención de participar en la carrera de cintas. Así que ya estáis sacándolas otra vez.

—Tienes razón. No pienso participar —dijo Paulo desde la ventana.

—Se ve que no has salido a tu padre, Paulo —rio la maestra de costura. Era una mujer de unos cincuenta años, de tez blanquísima, y hablaba con voz muy clara—. Tu padre participaba todos los años.

—Preparaba la fiesta, pero no participaba en ella —la corrigió Paulo.

Le vino a la memoria un recuerdo de su niñez. Su padre acababa de terminar una caja de madera alargada y estaba enrollando unas cintas en unos carretes.

—¿Ves, Paulo? Colocamos estos carretes dentro de la caja, dejando que el extremo de la cinta, que lleva una anilla metálica, cuelgue un poco. Lo que tenemos que hacer ahora es poner este armatoste sobre dos postes y taparlo con una tabla. Lo importante es que lo único que quede a la vista sea la anilla.

El recuerdo de Paulo fue perdiendo fuerza, pero pude entender, más o menos, en qué consistía la carrera de cintas que su padre le estaba explicando. Se trataba de un juego en el que los chicos de Obaba se subían a una bicicleta armados con un puntero de madera e intentaban ensartarlo en una anilla. Los que conseguían sacar del carrete una de las cintas, tenían doble premio: la propia cinta y la invitación a cenar o a bailar con la chica que la había bordado.

—¿Te vas a quedar en la ventana, Paulo? Tu hermano no es tan tímido —dijo la chica de la voz agria señalando el ángulo del taller que quedaba fuera de nuestra vista.

—Vengo a por él —dijo Paulo.

Fue hacia el portal de la casa y entró en el taller. Yo volé hasta la máquina de coser que estaba cerca de la ventana.

—No sé si lograrás moverle de esa silla. Yo solo he podido conseguirlo con la ayuda de Teresa —le dijo la maestra de costura.

La chica a la que había nombrado sonrió con nerviosismo. Entretanto, Daniel los observaba con desconfianza. Una tiza de costura asomaba entre sus dedos. Era de color rojo.

—Daniel, ven conmigo a casa —dijo Paulo a la vez que se preguntaba cuántos días llevaba su hermano sin lavarse.

Las chicas del taller quedaron a la espera. Daniel no hizo ademán de moverse.

—¡A casa, Daniel! —gritó Paulo yendo hacia él y agarrándole de un brazo.

Fue inútil. De todo su cuerpo, lo único que se movió un poco fue la cabeza. Parecía un buey intentando espantar a las moscas.

—Estamos muy a gusto contigo —medió la maestra de costura con una sonrisa en los labios—. Pero ya es hora de que vuelvas a casa. Además, vamos a cerrar enseguida. Tus amigas tienen que ir al curso de repostería.

Paulo estaba cada vez más nervioso. No podía soportar las miradas de las chicas. El olor a sudor de su hermano le llegaba al centro de la cabeza.

—¡He dicho que a casa, Daniel! —gritó volviéndole a coger del brazo.

Daniel arrojó la tiza roja al suelo.

—¡No!

—¡Daniel! ¡Obedece a tu hermano! —le conminó la maestra de costura agarrándole del otro brazo.

—Perdónele. Últimamente está un poco raro —murmuró Paulo.

—¡No quiero! —chilló Daniel haciendo fuerza para soltarse.

La maestra de costura salió despedida hacia atrás, y hubiera caído al suelo de no haber sido por la chica de la voz agria, que la sujetó.

—No sabéis tratar al pobre muchacho. Y tú el que menos, Paulo —dijo la chica—. Dime una cosa, Daniel. ¿Quieres venir a pasear con Teresa y conmigo?

—Con Teresa sí —dijo Daniel. Tenía los labios húmedos de saliva.

La maestra de costura ordenó silencio y las risitas de las chicas desaparecieron.

—Lo siento —dijo Paulo sin dirigirse a nadie en especial—. Ahora mismo nos vamos.

Teresa se levantó de su silla y abrió la puerta del taller.

—No te preocupes, Paulo —dijo.

Salieron todos a la calle, Daniel riéndose y los demás muy serios. Por mi parte, dejé la máquina de coser desde la que había estado vigilando y volé hasta la fuente. Mi intención era quedarme allí a descansar, bebiendo agua y refrescándome. Pero, nada más posarme en uno de los caños, un brillo me cegó. El chorro de agua, el rostro esculpido en piedra de cuya boca salía el caño, el musgo adherido a la piedra, todo lo que veía delante de mí desapareció de golpe. Quise librarme de aquel brillo echando de nuevo a volar, pero las alas no me respondían.

«¿Qué me pasa?», me asusté.

Recordé entonces una de las historias que había oído a otros pájaros en el pasado:

—Si alguna vez os deslumbra un brillo y quedáis paralizados, resignaos a morir. Ese brillo es la señal de la serpiente.

«Así que la serpiente va a matarme», pensé.

Sentí que algo me envolvía y un dolor muy fuerte en la cabeza. Y no hubo más.

# La serpiente reanuda su relato

## *Preparativos para la fiesta*

Me encontraba al calor del sol entre los hierbajos que coronaban la columna central de la fuente, y era tal el placer que sentía que, por decirlo de forma algo pomposa, ni las mismísimas órdenes de la voz interior habrían sido capaces de sacarme de allí. Porque, además, no era solo el calor o, mejor dicho, el fuego que atravesaba mi piel y llegaba hasta mi sangre llenándome de fuerza; era también el sonido del agua y su frescor. De vez en cuando, algún perro se acercaba a beber, y entonces yo deseaba ser descubierta y pelear con él, tanta era mi seguridad.

Después de un tiempo, sentí hambre y me puse a reflexionar sobre si merecía la pena perder aquella deliciosa posición para salir en busca de comida. No había resuelto aún la duda cuando llegó un pájaro y se puso a beber en uno de los caños. Me dije a mí misma que no era posible, que no iba a tener tanta suerte, que una cosa era hacerse con una trucha y otra muy distinta, atrapar algo que tiene alas y puede escaparse volando. Pero era mi día de gracia. El pájaro parecía tener mucha sed, y se hallaba tan absorto en la operación de beber que no reparó en nada. Antes de que se diera cuenta ya lo tenía hipnotizado. Enrollé mi cuerpo a su alrededor y lo estrangulé. Fue lo máximo de lo máximo.

Al poco de haber engullido al pájaro, algo llamó mi atención. Un grupo de gente bajaba por la calle. Delante venían un tipo grande con una cabeza enorme y una chica que gesticulaba mucho al hablar; detrás de ellos, Carmen caminaba en compañía de un chico rubio y ojeroso.

—¡Síguelos! —me ordenó la voz.

—¿Ahora? ¿Nada más comer? —protesté. Sin embargo, me apresuré a obedecer. Seguí como pude al grupo y me dispuse a escuchar.

—¿Qué te sucede, Paulo? —preguntó Carmen al ojeroso—. Ya ves lo que está pasando, ¿no?

—Tú sabrás a qué te refieres —farfulló el chico.

—Que Daniel está loco por Teresa, eso es lo que pasa —dijo Carmen riéndose con alegría.

—Eso es un cuento. Una mentira.

—¿Una mentira? ¡Que te crees tú eso! —exclamó Carmen. Luego señaló con la mano a la pareja que iba delante, al cabezón y a la que gesticulaba mucho. Ya habían atravesado la plaza y estaban a punto de torcer hacia una callejuela.

—Queréis volver loco a Daniel —dijo el ojeroso en un tono del que no le hubiera creído capaz.

—¿A quién te refieres? —se le encaró Carmen deteniéndose en el cantón de la callejuela.

—A todos. La madre de Teresa ha estado hablando con don Ignacio. Pretendéis volverle loco para que luego sea más fácil encerrarlo.

—No te confundas conmigo, Paulo. Por favor, no te confundas —le dijo Carmen frunciendo exageradamente el ceño—. Una cosa es lo que quiera hacer el bueno de don Ignacio y otra cosa es lo que pienso yo. Son cosas muy diferentes.

La forma en que la chica de la mancha, es decir, Carmen, pronunció lo de «el bueno de don Ignacio» fue perfecta: un treinta por ciento de burla, otro treinta de desprecio y un cuarenta de superioridad. El chico estaba indeciso, sin saber qué decir. No era de extrañar.

Caminaron en silencio por la callejuela, uno de los pocos lugares de Obaba que a aquella hora estaba en sombra.

—¿Daniel sabe montar en bicicleta? —preguntó Carmen al fin.

—Es demasiado patoso para eso —dijo el chico.

—Ya sé que es patoso, no hay más que verle.

Carmen señaló hacia el cabezón, que en aquel momento cruzaba un puente con los andares de un sapo. Luego añadió:

—Pero yo creo que estaría muy bien que aprendiera. Sabes en qué estoy pensando, ¿verdad?

—¿Por qué quieres que participe en la carrera de cintas? —preguntó el chico con brusquedad. No era del todo tonto.

—Te lo explicaré, Paulo.

La voz de Carmen adquirió un tono grave. Era una verdadera actriz.

—Daniel es un niño. A pesar de que casi tiene veinte años, es un niño. Y, como tal, necesita recibir satisfacciones. Le vendría muy bien ganar un premio y sentirse el mejor del mundo. Se olvidaría de las chicas. Y también don Ignacio olvidaría la idea de encerrarlo.

—¿Qué quieres? ¿Que Daniel saque una cinta el día de la fiesta?

—Eso mismo. Sería una gran satisfacción para él. Sacar una bonita cinta delante de toda la gente del pueblo.

—Eso es imposible.

Paulo se dio la vuelta y se quedó mirando al río. Ya habían llegado al puente que había a continuación de la callejuela.

—No es imposible —dijo Carmen con vehemencia.

—No veo cómo una persona que ni siquiera sabe montar en bicicleta podría ensartar un puntero en la anilla. Daniel es demasiado torpe.

—Sigamos andando, Paulo. Estoy segura de que si actuamos con inteligencia lograremos nuestro objetivo.

Carmen avanzó unos pasos por el sendero que conducía al aserradero y luego subía por la colina. Yo me sentía cansada de tanto reptar y pensé en quedarme en el puente. Estaba claro que la chica de la mancha, es decir, Carmen, conseguiría llevar adelante sus planes. Era de esa clase de personas que siempre llevan adelante sus planes. Mentalmente, pedí a la voz que accediera a mis deseos de descansar. Pero la voz no solo hizo eso, hizo más. Me dio la orden que en aquel momento más deseaba.

—Métete en el río —me dijo.

El contacto con el agua me produjo escalofríos de placer. Me deslicé rápido hacia la zona más profunda y me escondí debajo de una piedra. Una vez enroscada, me olvidé de todo, del sol reconfortante, de mi instinto cazador, de los manejos de Carmen, y me quedé dormida.


Un murmullo de voces me despertó. Para entonces, las aguas estaban oscuras.

«Son Carmen y esa Teresa que siempre está suspirando. Regresan del aserradero», pensé.

—Sal del agua y vigila. ¡Síguelas! —me ordenó la voz.

Obedecí de inmediato. Después del descanso me sentía ligera, y en muy poco tiempo alcancé a las dos chicas.

—Paulo está de acuerdo —decía Carmen con su voz persuasiva—. Se ha comprometido a enseñarle a montar en bicicleta y entrenarlo para la carrera de cintas. Está saliendo todo bien, Teresa. ¡No pongas esa cara tan seria!

—¿Qué es lo que está saliendo bien? ¡Estoy harta de Daniel! Cuando habla me deja toda salpicada de saliva y, por si eso fuera poco, intenta meterme mano cada dos por tres. Ya te digo, ¡estoy harta!

—No seas tonta, Teresa, y ten paciencia. Espera a que Daniel saque la cinta y todo se arreglará.

—Paulo ni siquiera me ha dirigido la palabra —dijo Teresa dejando caer los brazos.

—Porque es tímido. Pero si supieras lo que me ha dicho, no hablarías así.

—¿Te ha dicho algo de mí?

—Me ha dicho que estás muy guapa.

—No me lo creo.

—No lo ha dicho exactamente así, pero lo ha dicho.

—Ya.

—Además, no es verdad que no te haya dirigido la palabra. Al final habéis estado hablando un poco.

—Y tan poco.

La chica, Teresa, hizo una mueca y se quedó en silencio. Por mi parte, volvía a sentir hambre, y mi pensamiento se desviaba hacia los sapos que ya habían empezado a silbar en los alrededores del río. En realidad, la conversación de las dos chicas me aburría.

—¿De qué color será la anilla de mi cinta? —preguntó Teresa con uno de sus suspiros. Parecía incapaz de hablar con sobriedad. Cuando no era un gesto o una mueca, eran aquellos suspiros.

«No entiendo esa pregunta», pensé yo.

Supe entonces que algunas chicas no les ponían a sus cintas las habituales anillas plateadas, sino otras más grandes y de colores. Manifestaban así a los participantes que estaban comprometidas con algún chico y que solo a aquel le correspondía la cinta.

—Tú elige un color. Luego ya hablaremos con Paulo.

—¿Vendrá él a cenar conmigo? Porque, claro, si Daniel saca la cinta con la invitación y luego Paulo no aparece...

—¿Cómo no va a ir, Teresa? —la interrumpió Carmen riendo con fuerza—. ¿Para qué crees que nos estamos tomando tanto trabajo? ¿Para que pases la velada con el gordo? De ninguna manera. Ya me encargaré yo de que los dos os quedéis solos.

—Desde luego, no voy a dejar pasar esta oportunidad. En cuanto acabemos de cenar, me declaro. Y si a la gente le parece mal que yo tome la iniciativa, que se vaya a la mierda —dijo la chica cortando el aire con una mano.

«Que se vaya a la mierda», repetí yo.

—La gente no tiene por qué enterarse de nada —le dijo Carmen sonriendo. Su serenidad contrastaba con el nerviosismo de la otra—. La gente no va a estar sentada en tu mesa. Ahora bien, si después de cenar queréis iros a algún rincón oscuro, procurad ser discretos. En estos pueblos se sabe todo.

—Se hará lo que se pueda —dijo la chica.

En aquel momento pasábamos por delante de la fuente, y como la conversación de las dos chicas ya me aburría del todo decidí apartarme de ellas y subirme a la columna, esta vez para pasar la noche. ¿Me lo permitiría la voz, o el dueño de la voz? Me puse en movimiento y pronto estuve en lo alto.

Seguí con la vista a las dos chicas. Entraron al taller de costura y, después de un rato, volvieron a salir de allí con sus bicicletas.

—Vamos a llegar tarde —dijo la chica que gesticulaba mucho. Pedaleaba con fuerza.

—Ve despacio, Teresa. Aunque lleguemos después que las demás, al final las mejores tartas serán las nuestras —le respondió Carmen.

Ambas desaparecieron por la carretera que va a la estación del tren. Cerré los ojos y me dispuse a dormir.

# Prosigue el relato de la serpiente

### *La carrera de cintas*

La chica de la mancha, es decir, Carmen, anduvo algo agitada los días anteriores a la fiesta, porque deseaba tener en su poder la cinta que su amiga Teresa había bordado para el cabezón y temía algún imprevisto de última hora.

«Yo no me preocuparía mucho», pensé, harta ya de seguir a aquella chica de un lado para otro. Al fin y al cabo, Teresa era una persona ingenua, facilísima de manejar.

Todo sucedió como yo había previsto. La víspera de la fiesta, Carmen mintió a su amiga diciéndole que Paulo deseaba ver con sus propios ojos la cinta que ella, Teresa, había bordado para que el cabezón participara en la carrera y lograra lo máximo de lo máximo. Naturalmente, la ingenua accedió. Dejó que Carmen se llevara su cinta roja con estrellitas doradas.

—Si te parece bien, después de que Paulo la vea llevaré la cinta a casa de don Hipólito.

«¿Quién es don Hipólito?», pensé.

Supe entonces que era el juez de la carrera, el hombre encargado de enrollar las cintas y colocar los carretes en la caja alargada.

La ingenua estuvo de acuerdo, y Carmen aprovechó la oportunidad para sustituir la anilla grande de la cinta por otra más pequeña, mucho más difícil de ensartar. Hecho el cambio, dejó la cinta en la casa de aquel don Hipólito. Más tarde, fue hasta el aserradero y se puso a charlar con el chico de las ojeras. Lo encontró junto a la sierra mecánica.

—Creía que la víspera de la fiesta no trabajarías.

El sitio era repugnante, lleno de polvo y de serrín.

—Aquí se trabaja hasta que suene la campana grande de la iglesia. Siempre ha sido así —dijo el ojeroso sin mirarla. Estaba afilando la hoja de la sierra con una lima, diente a diente.

—No tardará mucho en sonar —dijo Carmen sentándose en un tronco de roble.

Me pareció una buena idea y me deslicé hacia allí. Acabé colocándome detrás de ella, sobre una mancha de musgo que el tronco tenía en la corteza.

—He cumplido mi parte —dijo el ojeroso—. Daniel ya sabe montar en bicicleta. No como nosotros, pero se defiende.

—Pues entonces no te preocupes, Paulo. La cinta será para Daniel. Es una cinta roja con una anilla negra.

—¿Con una anilla negra?

—A nadie se le ocurre usar ese color, Paulo. Por eso lo hemos elegido. Si le hubiéramos puesto una anilla de color azul, por ejemplo, alguien podría confundirse y sacarla. Todos los azules se parecen un poco. ¿Qué pasa? ¿No te gusta el negro? ¿Te trae malos recuerdos?

Carmen hablaba ahora igual que la tal Teresa. Era una verdadera actriz.

—El color me da igual —dijo el ojeroso.

Seguía afilando la sierra y solo de vez en cuando miraba hacia nosotras.

«A mí también me da igual», pensé. Tenía ganas de que aquello acabara de una vez.

—Entonces, de acuerdo —dijo Carmen—. Lo importante es que Daniel tenga su gran día y se olvide de todo lo demás. ¿Cómo se comporta últimamente?

—Mejor —dijo el ojeroso de manera casi inaudible.

—¿Lo ves? Le hemos dado una ilusión y todo ha cambiado. Don Ignacio tendrá que tragarse sus palabras. Nadie encerrará a Daniel.

—Pues sí que a ti te importa mucho.

El ojeroso levantó la cabeza y nos miró con el ceño fruncido. Por un momento, temí incluso por mi vida, porque tuve la impresión de que iba a atacarnos con aquella lima que tenía entre las manos.

«Quizá me estoy arriesgando mucho», pensé dejando que mi cuerpo resbalara por la corteza del tronco. Tal como está escrito, entre los defectos de las serpientes no figura la imprudencia.

—Me duele que digas eso. ¿Por qué tenemos que comportarnos como nuestros padres? Tú y yo no deberíamos estar enfadados. Deberíamos ayudarnos como hacíamos antes de que nuestras familias se enemistaran.

«Vaya, esta vez no es teatro. Ella ha acusado el golpe», pensé.

—¿Quién ha bordado la cinta? —preguntó él sin hacer caso del comentario de ella—. ¿La has bordado tú?

—Todo el mundo sabe que yo ya no hago cintas —se rio Carmen. Pero seguía tocada. Su risa, amarga, era la de los débiles—. ¿Sabes lo que dicen? Que no las hago por miedo. Porque podría ocurrir que alguien la sacara y al saber que es mía despreciara la invitación a salir conmigo. Nadie quiere irse a cenar o a bailar con la chica de la cara manchada.

Carmen volvió a reír. Luego se levantó del tronco y se dirigió hacia la puerta.

—Hay mucha gente estúpida en Obaba —dijo el chico.

—Eso es verdad. De todas formas, en este caso no hablan por hablar. Me ocurrió hace dos años. Un chico sacó mi cinta, pero luego no vino a la cita que yo le proponía en ella. Estuve una hora entera esperándole.

—¿Y tú qué pensaste?

El chico había dejado de limar. De repente, parecía ingenuo.

—Que tengo mala suerte —gritó ella desde la puerta.

«¡Vete del aserradero! ¡Vete ya!», pensé. Temía que Carmen se pusiera a llorar y diera un espectáculo lamentable.

Me disponía a seguirla cuando oí un ruido ensordecedor. Eran campanas o, mejor dicho, una única campana sonando en la torre de la iglesia. Debía de ser enorme, porque sus vibraciones recorrían el aire con violencia.

«Y ahora vendrán todos los demás ruidos de la fiesta», pensé con aprensión.

Decidí quedarme cerca de donde estaba o, más concretamente, en la zona del río que va desde el aserradero hasta el puente de la callejuela. Allí pasé la noche y buena parte del día siguiente. No cacé mucho, porque el estrépito que se apoderó del pueblo, sobre todo los cohetes y los bombos de las charangas, ahuyentaba a las truchas y a los pájaros, pero en compensación estuve tranquila. El agua amortiguaba los ruidos.

—¡Vete a la plaza! —escuché después de un tiempo.

Supe entonces que la carrera de cintas estaba a punto de empezar, de modo que salí del río y me deslicé hacia la plaza. Fue un rato malísimo. Los hombres y mujeres del pueblo se movían en grupos hablando a voces, y los niños correteaban de un lado para otro chillando como cerditos. Para colmo, el día estaba nublado, es decir, que no podía contar con la fuerza y el ánimo que siempre me proporciona el sol. Finalmente, yendo muy pegada a las paredes de las casas, alcancé uno de los árboles de la plaza y me subí a él.

El ojeroso y uno de los obreros del aserradero estaban ultimando los preparativos de la carrera, y los malditos niños no dejaban de armar bulla a su alrededor.

«¿Por dónde andará el cabezón?», pensé.

Enseguida lo descubrí. Montado en una bicicleta, daba vueltas y más vueltas a la fuente. Pedaleaba de forma ridícula y, cómo no, cuatro o cinco niños le seguían por detrás agarrándose al sillín y molestándole. Era increíble la cantidad de niños que había en aquella fiesta.

En un momento dado, el cabezón se acercó a la zona de la plaza donde estaba su hermano.

—¿Empezamos, Paulo? —le preguntó echando un pie a tierra.

—No te impacientes, Daniel. Ya te avisaré —le contestó el ojeroso—. ¿Te has fijado dónde está la anilla negra? Está aquí, en el centro, ¿la ves?

—Sí, Paulo.

—Lo que pasa es que es bastante pequeña —dijo Paulo, contrariado—. Vas a hacer una cosa, Daniel. Si no consigues sacarla con el palo, la sacas con la mano.

—Hay que sacarla con el palo, Paulo —dijo el cabezón.

—Ya lo sé, Daniel, y me parece bien que primero lo intentes con el palo. Lo que digo es que si no puedes, es mejor que la saques con la mano. También tiene su mérito sacarla con la mano. La gente te aplaudirá igual.

—Me aplaudirá mucho —rio el cabezón antes de ponerse a pedalear de nuevo.

Faltaba muy poco para que empezase la carrera. Los participantes, cada uno con su bicicleta, estaban agrupados en un extremo de la plaza, y el ruido que llenaba el aire de Obaba aumentaba por momentos. Los niños chillaban más fuerte; los cohetes explotaban en el cielo; el bombo de las charangas retumbaba en las calles; las campanas —el colmo de los colmos— convertían aquel fragor en algo espantoso.

«¡Que esta mierda acabe cuanto antes!», pensé con la esperanza de que la voz me oyera y quisiera complacerme. Estaba a punto de volverme loca. Aquello era lo máximo de lo máximo de lo peor.

De pronto, se hizo el silencio, o casi. La gente se concentró a lo largo de los muretes de la plaza haciendo un pasillo a los participantes, y el juez de la competición, el tal don Hipólito, se puso al frente con un silbato.

«Más ruido todavía», pensé, aunque en aquel momento todo el mundo callaba. A excepción de algún bebé, incluso los malditos niños callaban.

Por suerte, el sonido del silbato no era muy estridente. Suspiré con alivio. La carrera de cintas ya había comenzado, el primer participante avanzaba con su puntero y su bicicleta hacia la caja de las cintas. Pronto, todo habría acabado, la estúpida fiesta, mi estúpida misión, y podría volver al río en busca de mis queridas truchas.

El séptimo participante fue el primero en sacar una cinta. Era muy hábil con la bicicleta, capaz de dirigirla sin apoyar las manos en el manillar, y logró que su puntero entrara limpiamente en la anilla. El carrete giró y él se hizo con una cinta amarilla; no muy bonita, a mi entender. La muchedumbre aplaudió y los malditos niños chillaron como si el premio les hubiera correspondido a ellos.

«¿Dónde están Carmen y la ingenua que gesticula mucho?», pensé.

Las encontré rápido. Estaban en primera fila.

—Me tiemblan las piernas —dijo la ingenua haciendo como que se frotaba las manos.

—Más te vale estar tranquila. El nerviosismo se contagia —le dijo Carmen sonriendo.

—Voy a saludar a Paulo —dijo la ingenua agitando la mano derecha. Pero Paulo, que seguía junto a uno de los postes que sujetaban la caja de las cintas, miraba hacia el tropel de participantes.

—Es el turno de Daniel —dijo Carmen—. Veamos qué tal lo hace.

Lo único que hizo fue el ridículo. Está escrito que una bicicleta no debe ir ni muy rápido ni muy lento, porque si va muy rápido se estrella contra alguna pared, y si va muy lento se cae al suelo; pero, como es natural, el cabezón ignoraba esa regla. Cuando llegó a la caja de las cintas, frenó tanto su marcha que se cayó al suelo como si le hubieran tirado del costado con una soga. Bicicleta y puntero se fueron cada cual por su lado.

—¡Arriba ese culo! —gritó el que tocaba el bombo en la charanga. Todo el mundo reía. La verdad, tenía su gracia.

—¡Paulo! —llamó la ingenua cuando las risas amainaron un poco. Pero tampoco esta vez se enteró el ojeroso. El chico parecía preocupado.

—En una de las vueltas la sacará. Estoy segura —dijo Carmen.

Mentía, por supuesto. Pensaba lo que yo. El cabezón no sería capaz de ensartar el puntero en la anilla negra. Así ocurrió. Pasó el tiempo, se sucedieron los toques de silbato del juez, salieron cintas y más cintas de la caja, pero el cabezón fallaba siempre. Al final, solo colgaba una anilla, la anilla negra que le estaba destinada.

La mayoría de los competidores bajó de sus bicicletas y se unió al público en su afán de seguir las evoluciones del cabezón. Resultaban bastante divertidas, porque no eran lo que en general se entiende por evoluciones, no eran movimientos ordenados o armónicos, sino que la cosa consistía en una serie inacabable de caídas, tropezones, puñetazos al manillar y otras monerías.

—Una verdadera fiesta —comentó uno de los hombres que contemplaba aquel circo desde debajo de mi árbol.

Tenía razón. Aparte del protagonista, los únicos que no se estaban divirtiendo eran el ojeroso y la ingenua. Cuando aquello ya empezaba a durar demasiado, uno de los niños que andaban por la plaza cogió la bicicleta de un participante, agarró el puntero, avanzó hacia la caja de las cintas con decisión y, antes de que el ojeroso y el juez pudieran impedirlo, acertó con la anilla negra. La única cinta que seguía en el carrete, roja con estrellitas doradas, ondeó en el aire. La muchedumbre rompió en aplausos.

—¡Mía! —gritó entonces el cabezón bajándose de su bicicleta.

—¡Quieto, Daniel! —gritó el ojeroso.

Demasiado tarde. El cabezón levantó su puntero y golpeó con toda su fuerza al niño que le había arrebatado la cinta. Y no una vez, sino varias. Incluso cuando estaba en el suelo quiso seguir con el castigo. Costó mucho reducirlo.

Mugía como un animal y se revolvía contra los tres o cuatro hombres que lo agarraban. La gente gritaba que había matado al niño. Ya se sabe, la sangre impresiona mucho, aunque solo se trate de una nariz rota o de un labio partido.

—Lo que no se entiende es que le hayan dejado participar. Es un criminal. Tendrían que llevarle a la cárcel —dijo el hombre que estaba apoyado en mi árbol.

—A la cárcel no sé. Pero al manicomio o al hospital, desde luego que sí —añadió una mujer.

«¡Por fin podré volver al río!», pensé yo con alegría.

# Relato de la oca salvaje

## *El viaje final*

Éramos ciento once ocas, y llevábamos muchos días volando por el cielo y alejándonos del norte. Siempre volando, volando siempre, sin cansarnos nunca de volar, solo nos deteníamos en las lagunas o en los ríos para beber y comer al amparo de los juncos y de los carrizos, y aun entonces por muy poco tiempo, dispuestas en todo momento a alzar el vuelo ante la menor señal de peligro, fuera esa señal un disparo, el ladrido de un perro o una conversación entre dos hombres.

Al ser yo la guía del grupo, vigilaba constantemente las indicaciones del cielo, la luminosidad del sol durante el día y la disposición de la luna y las estrellas durante la noche, y de esa manera, por la ruta más directa, conducía a las otras ocas hacia el sur. No me engañaban las nubes, ni los cambios de temperatura ni los diferentes paisajes que veíamos al pasar. Seguía mi camino sin vacilación, siempre volando, volando siempre, sin cansarme nunca de volar.

Cuando llegamos a la altura de las primeras montañas, empezó a llover, y alcanzamos la tierra de Obaba con las alas empapadas de agua. Fue entonces cuando oí la voz de mi interior.

—Ve enseguida a matar a la serpiente —me dijo.

Batí las alas con fuerza y me elevé en el aire hasta quedar apartada de la formación. Comprendiendo lo que pasaba, la oca que venía en segundo lugar tomó mi puesto, y todas las demás la siguieron. Eran ciento diez ocas batiendo sus alas a la vez, estirando el cuello hacia delante, sesgando la lluvia, volando con la mente puesta en el sur. Luego, muy pronto, desaparecieron entre las nubes y yo comencé a descender.

—¡Ahí está! ¡Mátala! —me dijo la voz, y justo en ese instante vi a la serpiente. Era negra y estaba oculta en un hoyo de un río, junto a un puente.

Sé moverme por el aire, y por el aire volé hasta posarme en un sendero; sé moverme por la tierra, y andando fui hasta la orilla del río; sé moverme por el agua, y enseguida me sumergí en el hoyo donde se encontraba la serpiente. Ella levantó la cabeza y yo se la quebré. Después de las convulsiones, la corriente del río la arrastró.

Cuando salí del agua y volví a alzar el vuelo, escuché el llanto de una mujer. Procedía de un aserradero que había junto al río.

—Andaba mal —dijo uno de los hombres reunidos en torno a la mujer, una anciana—. Yo lo veía trabajar ahí en la sierra y me asustaba, porque, ya digo, andaba mal, con poco ánimo, y al darme cuenta esta mañana de que no bajaba a trabajar, pues todavía me he asustado más, por eso he subido a su casa a ver qué pasaba. Y al decirme esta mujer que había salido temprano con Daniel, pues ya entonces he tenido la corazonada de que algo malo iba a ocurrir.

—La cosa se torció cuando empezaron con el plan de encerrar a Daniel —dijo otro de los hombres.

—Toda la culpa es de don Ignacio. A él se le ocurrió lo de encerrarlo. Además, le prohibió a Paulo que le dejara salir de casa —dijo otro.

—Eso de que la culpa es de don Ignacio habría que verlo —dijo el que había hablado el primero encendiendo un cigarrillo—. Después de la fiesta, en el pueblo no se oía otra cosa. Que había que encerrarlo, eso es lo que decían todos.

«¿Adónde han ido los dos hermanos?», pensé. Pero no obtuve respuesta.

Como los hombres que hablaban en el aserradero repetían una y otra vez las mismas cosas y no me servían de ayuda, di un leve giro y sobrevolé la plaza del pueblo. Vi allí a un hombre vestido de negro que se dirigía a gritos a un grupo de gente. Era el único que iba sin paraguas, la lluvia no parecía importarle.

—Tenemos que dividirnos y rastrearlo todo hasta dar con ellos —decía, y la gran mancha negra formada por los paraguas de la gente cobraba vida y se movía.

«Nadie conoce su paradero», pensé con cierta melancolía.

—¡Busca! —me dijo la voz.

Obedecí y busqué por todas partes volando por encima de cada bosque y cada colina, de cada barranco y cada sima. Volé bajo y volé alto, volé lento y volé tres veces más rápido que cualquier pájaro, pero no vi ni rastro de los dos hermanos. No estaban en aquellos alrededores. Los grupos que habían salido en su busca no los encontrarían.

Desalentada, volví a planear sobre el pueblo. Estaba prácticamente desierto. Solo vi a dos chicas en la plaza, cerca de la fuente. Una de ellas se cubría con un paraguas rojo; la otra, con un paraguas blanco con motas azules.

—Es inútil. No los encontrarán —dijo la del paraguas moteado—. Estoy segura de que se han ido a la estación. O, mejor dicho, a la vía del tren.

—¿Y por qué no lo has dicho antes, Teresa?

—Porque da lo mismo.

—No sé por qué eres tan pesimista. Das por hecho que Paulo va a hacer una barbaridad.

—Pues claro que la va a hacer.

—De todas formas, se lo voy a decir a los hombres que se han quedado en el hostal. ¿Vienes, Teresa? —dijo la del paraguas rojo.

—No, no voy.

La chica del paraguas moteado podía estar en lo cierto. Era posible que los dos hermanos estuvieran en los alrededores de la estación del tren.

Volé con energía y a media altura, siguiendo siempre la ruta que me mostraba la carretera, y pronto divisé un grupo de casas de color gris. Supuse que aquello era la estación y redoblé mis esfuerzos. Sí, allí estaba. Las vías del tren surgían de un túnel excavado en la montaña y se perdían luego valle abajo. Mojados por la lluvia, los raíles brillaban.

Los dos hermanos estaban de pie entre aquellos raíles, cogidos de la mano y de espaldas a la montaña. Presintiendo lo que iba a ocurrir, quise llegar hasta ellos, pero no pude. El tren que acababa de salir del túnel se me adelantó.

No estaba acostumbrada al estruendo de una máquina como aquella, y durante un rato permanecí aturdida, volando por encima de la estación y sin lograr orientarme. Cuando finalmente localicé la vía, observé que allí había dos manchas. Una de ellas era grande, la otra no tanto.

—Puedes marcharte —dijo la voz.

Partí enseguida. Siempre volando, volando siempre, sin cansarme nunca de volar, no tardé en reunirme con las otras ocas. Todas juntas continuamos nuestro viaje hacia el sur.

# La muerte de Andoni a la luz del LSD

El cielo estaba oscuro aquel día, hace ochocientos mil años. El grupo, formado por alrededor de veinte homínidos, se detuvo a esperar a un miembro que se había quedado rezagado. No apareció nadie, y los medio simios hicieron fuego según la técnica que las enciclopedias explicarían en el futuro, entrechocando dos piedras y acercando las chispas a un montón de hierba seca. No había estrellas aquel día. Tampoco luna. Cuando cayó la noche, no hubo más luz que la de la hoguera recién encendida.

Los medio simios se acostaron en el suelo, y lo mismo hicieron los chacales, convertidos ya para entonces en medio perros. No se oía ningún ruido, o casi ninguno. Un aullido, los bufidos del viento, el chisporroteo de las ramillas arrojadas al fuego.

Durmieron durante toda la noche. Miraron alrededor: no había rastro del miembro que se había quedado rezagado. Los cuervos graznaban. Dos buitres sobrevolaban el lugar en círculos. Los chacales, los medio perros, se movían de un lado para otro, nerviosos.

El grupo desanduvo el camino recorrido el día anterior. Hallaron a su compañero, le gritaron. No obtuvieron respuesta, y se sentaron frente a él, a unos quince pasos. El sol de hace ochocientos mil años iluminaba la planicie.

Los cuervos volaron de una roca a otra. Los buitres, ahora cinco, parecían girar en torno al sol. Los medio simios se acercaron a su compañero, diez o doce pasos. Permanecía inmóvil. Vieron que tenía los ojos abiertos.

Los ojos abiertos miraban fijamente al sol. Los medio simios se alejaron un poco, cinco o siete pasos, y volvieron a sentarse en el suelo. Los chacales, los medio perros, gimieron.

Otra noche, otro amanecer. Los medio simios se acercaron de nuevo a su compañero. Sus ojos seguían abiertos. Un miembro del grupo, el que lo encabezaba, el líder, dio unas zancadas hacia él y lo tocó. Al instante, los cuervos se pusieron a graznar. El medio simio que encabezaba el grupo dio un salto atrás. Todos los demás echaron a correr y se agazaparon detrás de un peñasco.

Volvió a reinar el silencio. Los buitres sobrevolaban en círculos. Seguían siendo cinco.

Sopló un viento fuerte durante toda la mañana, se formaron remolinos, columnas de polvo en la planicie. Hacia el mediodía, el medio simio que encabezaba el grupo tiró una piedra al vientre del compañero que yacía en el suelo. No pasó nada. Los demás medio simios del grupo se pusieron a lanzar piedras. Los chacales, los medio perros, se alejaron apresuradamente.

El medio simio que se había rezagado, el de los ojos abiertos, quedó sepultado bajo un montículo de piedras. El día estaba a punto de acabar. El cielo, ahora libre de buitres, enrojeció. Hace ochocientos mil años.

El líder del grupo depositó una última piedra en lo alto del montículo que cubría el cadáver, rematando así el tipo de construcción que al cabo de ochocientos mil años recibiría el nombre de *túmulo* o *tumba*. Luego, echó a andar. Los demás lo siguieron de cerca. También los medio perros.

Tras recorrer unos cien pasos, el líder del grupo se detuvo de nuevo. Volvió la cabeza y clavó la mirada en el túmulo. Poniendo cara triste, declaró: «*C'est la mort. C'est la merde*». Era francés, por lo visto.

Pero no, aquello no era posible. Hace ochocientos mil años no había franceses. Ni lengua francesa. Quise volver a la realidad. El finísimo hilo que me unía a ella me advirtió de que todo aquello, los medio simios, los medio perros, los buitres, los cuervos, el sol, la planicie, las piedras, el túmulo, solo estaba en mi mente. Pero el lapso de consciencia apenas duró. El hilo se rompió y me vi a mí mismo en el lugar donde habían estado los medio simios, delante del túmulo.

Despuntaba el día, el sol iluminaba la planicie. Miré alrededor en busca de un vestigio de vida, pero solo avisté un buitre. Se cernía sobre mí. Quise huir de allí, y tomé el camino por el que había visto desaparecer a los medio simios y a los medio perros. El terreno era árido. Las rocas, diseminadas a lo largo y ancho de una inmensa superficie, presentaban formas geométricas. Vi una serpiente cerca de mí, a unos cinco pasos. Luego otra, a unos siete pasos. Y otra más, a diez pasos.

El buitre plegó las alas, dejándose caer como un peso muerto, y yo me asusté, temí convertirme en su presa. Pero no, su objetivo eran las serpientes. Atrapó una de ellas y se elevó en el aire llevándosela entre las garras. Entonces caí en la cuenta de mi error. Mi percepción había sido inexacta. Eran las águilas las que cazaban así las serpientes, no los buitres.

Nuevos túmulos se presentaron a mi vista, la mayoría de ellos muy toscos, similares al que habían formado los medio simios para sepultar a su compañero muerto; otros, los menos, más trabajados, de estructura triangular o cuadrada. Formaban una larga hilera en la planicie, como si indicaran una dirección, y decidí seguirla. No tardé en hallar pisadas, calaveras de medio simios, restos de comida, pero no me detuve y seguí caminando hasta llegar a un alto. Observé entonces que la planicie era realmente un desierto y que los túmulos, tal como había sospechado, señalaban una ruta.

Caminé durante todo el día. Mis pasos me llevaron primero a un terreno de aspecto agradable, una zona amena en la que, desde el interior de las rocas, brotaba una música, un ritmo de maracas; pero eran serpientes de cascabel que, alertadas por mi presencia, emitían su sonido de aviso. Poco después, sin desviarme de la dirección marcada por los túmulos, llegué a una zona distinta. Las rocas eran allí brillantes y despertaron en mí la esperanza —un atisbo de esperanza— de que hubiera cristales incrustados en ellas, y de que los cristales fueran diamantes. Pero al examinar una comprobé que se trataba de mica, un silicato que, según nos habían enseñado en el colegio de La Salle, se encuentra en las rocas de granito y en las rocas metamórficas como el esquisto. Estudié con más atención la que tenía enfrente y descarté que fuera granito. Se trataba, pues, de esquisto. Me pregunté, acto seguido, qué me importaba a mí aquello. La verdad, no me importaba nada. Debía continuar mi marcha hasta el siguiente túmulo.

Aquella noche descansé bien. La temperatura era buena; el suelo que escogí para acostarme, blando; el cielo, tan oscuro como el que había sido testigo de la muerte del medio simio. Además, yo cumplía el principal requisito de quien desea dormir: estaba cansado.

Amanecía cuando desperté. El cielo se mostraba azul y rosa; el sol, amarillo; el desierto, naranja. En el desierto se divisaba un camino que parecía de harina, una línea blanca. A ambos lados, de trecho en trecho, se alineaban los túmulos. Los de aquella zona se asemejaban a panteones.

En el camino apareció un camión. De lejos parecía negro, pero en realidad era blanco. De una blancura metálica, no como la de la harina.

El camión se acercó hasta donde yo estaba. Era muy bonito. Un Chevrolet de morro largo, un modelo que se utilizaba para el transporte interurbano de mercancías y paquetería allá por 1960. Lo conducía Redin, el profesor de Inglés y Francés en el colegio de La Salle: un hombretón de pelo rizado, con la barriga protuberante de los bebedores de cerveza. Tras las gafas de lentes redondas, sus ojos azules, saltones, estaban un poco hinchados. Me habían dicho que falleció en 1972, dos años después de dejar yo el colegio. Pero allí estaba, en la cabina del Chevrolet blanco. Llevaba una camisa roja como de trompetista de jazz, y me acordé de que, efectivamente, los fines de semana tocaba la trompeta en un grupo. «A cambio de unos tragos», precisaba él.

Era el profesor más querido del colegio, me acordé también de eso. Hablaba sobre temas que nadie más mencionaba. Había vivido en muchos países: Estados Unidos, Francia, Grecia, Suecia. Nosotros, los alumnos, le pedíamos que nos contara cosas de Suecia. Él accedía y se ponía a hablar valiéndose siempre del mismo inicio: *«Du point de vue sexuel, en Suède...»*. A veces su complicidad iba más allá, y después de divagar durante una hora sobre las relaciones entre chicos y chicas, nos hacía una petición: «Si los frailes os preguntan qué tema hemos tratado hoy, decidles que nos hemos dedicado a los fiordos».

La escena no era habitual: el camino blanco, el camión blanco detenido delante de mí y en la cabina, al volante, Redin, nuestro profesor de Inglés y Francés fallecido en 1972. Adivinando quizá mis pensamientos, asomó la cabeza por la ventanilla y me dijo:

—Ya sé que estoy muerto, pero... *peccata minuta.*

Sonrió. Se le hincharon los carrillos en su cara redonda.

—Sube —me dijo a continuación, abriendo la puerta del otro lado de la cabina—. Vayamos a tu pueblo natal.

Quise rehusar su invitación, pero ni yo mismo entendí mi balbuceo, y al cabo de un segundo me hallaba sentado a su lado. El camión era muy bonito también por dentro. El asiento, de una sola pieza, era de cuero, así como el volante, encajado en un eje que lo conectaba con el motor. Nos pusimos en marcha. Ante nosotros, el desierto, la línea de túmulos hasta el último extremo del horizonte y aquel camino que parecía de harina.

Deseaba explicarle lo ocurrido hasta ese momento, consciente de que la escena que había presenciado, los medio simios que lanzaban piedras sobre un compañero hasta dejarlo sepultado, no era algo que se viera todos los días; pero íbamos muy rápido, a velocidad supersónica, y los túmulos acaparaban toda mi atención. Presentaban ahora formas cambiantes. Los simples montículos de piedras fueron dando paso a losas, y estas a anillos formados por veinte o treinta piedras redondas. Aparecieron a continuación tumbas de forma rectangular, algunas de ellas flanqueadas por ánforas que desprendían un olor a aceite perfumado.

El cielo se tiñó de azul oscuro, luego enseguida de negro. Redin encendió la luz de la cabina. Era tenue, no molestaba a los ojos. En cambio, el haz de luz de los faros era intenso. Hacía que el camino pareciera de nieve, no de harina.

A Redin se le volvieron a hinchar los carrillos. Se reía.

—Explícale a Andoni por qué me llamabais Redin. ¡Explícaselo enseguida!

Sentado en el asiento de atrás de la cabina había un muchacho con una gorra. Tendría catorce o quince años.

—¡Venga! ¡Explícaselo ya! —repitió Redin agarrando firmemente el volante del Chevrolet.

Mi pensamiento retrocedió a los tiempos del colegio de La Salle y recordé la escena que estaba en el origen del apodo. El profesor nos explicaba a los alumnos de segundo de bachiller la complejidad de la pronunciación inglesa:

—Iba yo una vez a visitar la cárcel de Reading, donde estuvo preso Oscar Wilde, y tomé una carretera que no debía. Vi a unos policías y les pregunté: *«Reading, please?»*. Yo dije *Ridin*, como me habían enseñado en la academia. Los policías se miraron el uno al otro y me dijeron que no les sonaba. Yo insistí: *«Ridin! Ridin! The jail! The prison!»*. Y los policías exclamaron a coro: *«Oh, Redin!! Redin!!!»*.

Todos los alumnos reímos exageradamente, armando un terrible alboroto.

—Silencio, por favor —dijo el profesor sin levantar la voz—. No es tan gracioso. Sois malvados, os burláis de mí con esas risotadas. Acordaos del dicho: «*Homo homini lupus*».

Se quitó las gafas al decirlo porque el sudor le empañaba las lentes; pero los alumnos pensamos que había derramado una lágrima. Uno de los que estaban sentados en primera fila, acólito en la capilla del colegio, se puso de pie y le dijo:

—No nos reímos por eso, señor. Lo que pasa es que ahora nos toca Francés y usted está todo el tiempo hablando en inglés. El Inglés lo tenemos por la tarde, en horario extraescolar.

Él se llevó la mano a la frente:

—¡Qué cabeza tengo! He confundido las clases. En cualquier caso, si vais un día a visitar la cárcel donde estuvo Oscar Wilde, sabed que su nombre se pronuncia *Redin*, no *Ridin*.

Todos nos reímos de nuevo, pero no por la palabra o por la confusión, sino de puro gozo, porque comprendimos que aquel profesor nunca nos castigaría y que sería generoso con las notas. En adelante, siempre le llamamos Redin.

El muchacho que iba en el asiento de atrás de la cabina sonrió. Su cara era afilada, como la de un cachorro de coyote.

Seguimos avanzando. Una luz tenue continuaba iluminando la cabina; otra luz tenue, la de la luna, el desierto. A un lado del camino, a intervalos, se divisaban cercados de tapias blancas, cementerios. Eran humildes, y emanaba de ellos una música, la melodía de una trompeta.

—*When you're smiling*. Louis Armstrong —dijo Redin inclinándose para subir el volumen de la radio de la cabina del camión. La luz esmeralda del dial combinaba con su camisa roja.

De no haber visto la radio hubiese seguido pensando que las notas de *When you're smiling* procedían de los cementerios blancos. Los oídos me engañaban.

101

Louis Armstrong empezó a cantar: «*When you're smi-lin' keep on smilin', the whole world smiles with you...*». Estuvimos como adormilados mientras duró la canción. Por un momento, creí ver una sombra ante nosotros, y pensé que se trataba de un grupo de medio simios; pero la luz de la luna se hizo más intensa y la sombra se desvaneció. El mundo parecía ahora rudimentario, compuesto de unos pocos elementos: aquella luna, el cielo, la tierra, el camino. En el interior de la cabina no se notaban ni vibraciones ni sacudidas, como en los aviones transoceánicos. Solo una fina línea sonora sobresalía del silencio: *When you're smilin' keep on smilin'...*

Ojalá pudiera quedarme aquí para siempre, pensé. A través de la ventanilla de la cabina, veía desfilar los cementerios de tapias blancas igual que en las proyecciones de filminas durante las clases de Arte en el colegio.

Me quedé dormido y no desperté hasta que la radio empezó a chillar: «¡Gol! ¡Gol! ¡Gol-gol-gol! ¡¡¡Goooooooooool!!!».

El grito llenó la cabina. Redin apagó la radio de un manotazo.

—Nosotros no somos aficionados al fútbol. Nos gusta mucho más el baloncesto. ¿No es así, Andoni? —preguntó mirando hacia atrás.

Yo también miré. Allí estaba el muchacho con su carita de coyote y su gorra.

—Es verdad —asintió el muchacho—. Yo soy de los Rockets.

La gorra mostraba en la parte delantera el nombre completo del equipo en letras de color azul cielo: Houston Rockets.

—La temporada ha sido regular este año, ¿verdad, Andoni? —continuó Redin.

—Podía haber sido peor, teniendo en cuenta que Yao Ming se lesionó antes del primer partido. Scola y Brooks han jugado bien.

Redin se volvió hacia mí.

—Andoni es de tu pueblo. Pasó una temporada larga en Houston y vio muchos partidos.

—Casi siempre en la tele —dijo el muchacho—. Pero el día en que jugaron contra los Lakers mis padres habían venido a visitarme y me llevaron a la cancha. Ganaron ellos por un solo punto, 102-103.

Fuera había anochecido, y los faros del camión hicieron que reparara en el cambio de paisaje. No estábamos ya en el desierto o en una planicie, sino en una zona de montañas boscosas.

—¿De qué familia eres? —pregunté al muchacho. No le encontraba parecido con nadie de mi pueblo natal. Su carita de coyote no me sonaba.

—Tú conoces mucho a mi padre. Es el dueño de la carnicería del pueblo, Esteban.

—Claro que lo conozco.

Esteban y yo teníamos la misma edad. No éramos muy amigos. Un día, después de enzarzarnos en una discusión y de darle yo un puñetazo, agarró un martillo con el que estábamos jugando y lo lanzó contra mí con todas sus fuerzas. El martillo rebotó en una pared y me dio en la nuca, pero, como no sentí dolor, me lancé a perseguirle corriendo furioso calle arriba. Él quería llegar a la carnicería de su padre, pero viendo que lo iba a alcanzar, buscó protección en una tienda de ultramarinos que estaba a mitad de camino. Yo entré tras él, con el puño amenazante, e intenté saltar al otro lado del mostrador, donde él se había agazapado. El grito de una mujer que en ese momento hacía la compra me detuvo:

—¡Qué te ha pasado!

Notaba algo mojado en la espalda y me palpé el cuello de la camisa. Las yemas de los dedos se me mancharon de sangre. Cuando me pasé la mano por la nuca, la mancha de sangre se extendió a toda la palma.

Ay, aquellas mustias tardes de mi pueblo natal en el Verde Valle Solitario, en las que no se oía otro ruido que el del aserradero, o los tañidos de las campanas de la iglesia: cuatro campanadas, las cuatro; cinco campanadas, las cinco; una campanada más, las cinco y media. Aquellas tardes mustias sembraban una semilla impura en el corazón de la gente, el anhelo secreto de que ocurriera algo, cualquier cosa, y si era un drama, mejor: el incendio de un caserío, el accidente fatal de un cazador, el suicidio de una joven, la muerte de un niño...

Salí de la tienda de ultramarinos acompañado de tres mujeres, y en la calle se nos sumaron dos más, y luego una decena de niños. El médico me esperaba en su consulta, en la primera planta del ayuntamiento, y cerró la puerta nada más entrar yo. Solo dejó pasar a una mujer, porque en aquella época no había enfermera en el pueblo y debió de pensar que necesitaría ayuda.

—¿Qué ha pasado? —me preguntó el médico. Me había quitado la camisa y estaba tumbado boca abajo en la camilla.

Conté lo del martillo mientras el médico me desinfectaba la nuca con una esponja que olía a lejía. La mujer me secaba la espalda con una toalla.

Mi padre irrumpió en la consulta unos minutos después.

—No se preocupe. La sangre es muy aparatosa —le tranquilizó el médico. La herida, producida por el sacaclavos del martillo, era superficial. Solo necesitaría mercromina.

Una flor impura brotó también en mi corazón. Pero yo no anhelaba un suceso imprevisto, sino aplausos. Deseaba recorrer la calle con el séquito que me había acompañado hasta la consulta, saboreando el momento de fama proporcionado por el golpe, presumiendo de mi herida. Mi padre no me dio oportunidad. Me condujo directamente a casa y me riñó sin contemplaciones:

—¡La culpa es tuya! ¿Se puede saber por qué te has llevado el martillo? ¡No vuelvas a hacerlo!

Mi madre se encontraba fuera aquel día, y a mi padre le costaba enfrentarse a la situación sin su apoyo.

—¡Esteban quería matarme! —me defendí.

—¡No vuelvas a hacerlo! —repitió.

Esperé a que regresara mi madre. Pero cuando llegó, no hubo ninguna complacencia.

—Hablaré con los padres de Esteban —dijo. Luego me ordenó que me acostara.

Mi madre, mi padre, mis abuelos sentían una profunda antipatía por los fanfarrones. A veces pienso que están mejor donde están, en el cementerio de nuestro pueblo. Hubiesen sufrido mucho con la gente de ahora.


Veía las estrellas desde la ventanilla de la cabina del camión. *Oh, starry night! Nuit étoilée!* ¡Noche estrellada!

Redin seguía hablando con el muchacho:

—Cuarenta y dos victorias y cuarenta derrotas. Esos han sido los números de los Rockets, ¿no es así, Andoni?

—La próxima temporada, con Yao Ming, nos irá mejor.

El viaje era tremendamente agradable en aquel momento. El camión flotaba en el espacio, como si se hubiera elevado en el aire. Había estrellas delante, detrás, a los lados. Eran tantas, y tan resplandecientes, que en algunos tramos el cielo parecía de purpurina. *Oh, starry night! Nuit étoilée!* ¡Noche estrellada!

—¿Le has enseñado el balón a nuestro amigo? —preguntó Redin mirando por el espejo retrovisor.

El cielo, de purpurina, se curvaba hasta adoptar la forma de una campana, y empezó a emitir un murmullo, un sonido apagado, como de contrabajo. Le siguió una trompeta, y a continuación la voz de Louis Armstrong: *When you're smilin' keep on smilin'...*

«Qué a gusto me quedaría dormido aquí», pensé.

El muchacho me dio unos golpecitos en la espalda. Quería que me fijara en el balón que tenía sobre las rodillas.

—Explícale, Andoni —le dijo Redin—. Explícale de qué clase de balón estamos hablando.

—Es muy especial —la voz del muchacho sonó más animada—. Es el balón que utilizaron en el partido entre los Rockets y los Celtics. Ganamos nosotros, 119-114. Trajeron muchas cosas para los niños del hospital, camisetas, viseras y demás, pero el balón me lo regalaron a mí. Yo creo que fue gracias a Scola. Jugó durante muchos años en el Baskonia, y seguro que algún médico le contó que yo, además de seguir al Houston, era forofo del Baskonia. Me alegré un montón. ¿Ves? Tiene la firma de todos los jugadores. Esta de aquí es la del entrenador, Rick Adelman...

—¡Vaya, es increíble! Te felicito, Andoni —le dije.

*Oh, starry night! Nuit étoilée!* ¡Noche estrellada!... Y en la noche, en las líneas dibujadas por las colinas y las montañas, las tenues luces de las casas blancas solitarias. De vez en cuando, pequeños cementerios cuadrados, igualmente blancos, aunque sin luz.

Redin tenía las gafas mojadas. Se las quitó para secarlas con el bajo de su camisa roja. Me miró con sus ojos saltones. Los tenía también mojados. No era sudor. Estaba llorando.

—Somos crueles. No tenemos piedad. Nos burlamos de la desgracia ajena.

Pero no lo dijo con esas palabras, sino en francés: *Nous sommes cruels. Nous n'avons aucune pitié. On se moque du malheur des autres.*

Hizo un gesto, dirigiendo su mirada a un costado para señalar al muchacho.

—*Il ne comprend pas le français* —me dijo. El muchacho no entendía el francés—. *Connais-tu la blague?* ¿Sabes el chiste?

Sin darme tiempo a responder, prosiguió en francés:

—Después de las vacaciones de Navidad, dos niños vuelven a la escuela. «¿A ti qué te han traído los Reyes?», pregunta uno. «Pues un montón de cosas», responde el otro. «Un ordenador superpotente, una bicicleta eléctrica, diez cómics y muchas cosas más. ¿Y a ti? ¿Qué te han traído a ti?». «A mí solo unas zapatillas. Pero, claro, yo no tengo cáncer».

Redin sacó un pañuelo del bolsillo de su camisa de trompetista y se enjugó las lágrimas.

—Qué crueldad, ¿no te parece? ¿A qué clase de gente se le ocurre un chiste así? —dijo—. A Andoni le habrían dicho algo parecido de haber vuelto a la escuela con el balón lleno de firmas.

En el cielo, las estrellas se iban espaciando. En las colinas y en los montes, lo contrario, las luces de las casas eran cada vez más numerosas.

—También vosotros erais crueles en los tiempos de La Salle —prosiguió, recobrando la calma—. Sabíais que llevaba a clase una petaca con whisky y me la quitabais. Yo rebuscaba en el bolsillo de mi chaqueta, y nada. Y vosotros vigilando, a ver cómo reaccionaba. Erais más de veinte, todos observándome, poniendo cara de buenos. ¿Qué os hice yo para que me tratarais así? ¡Nada! Disculpa mi arrogancia, pero en La Salle no había un profesor más interesante que yo. Y aun así me robabais la petaca del bolsillo de la chaqueta para luego reíros de mí.

Vi al ladrón, al alumno que hacía aquella faena a Redin, como si se encontrara en la cabina del camión.

—Era un canalla miserable —le respondí—. Y lo sigue siendo. Ahora es un ejecutivo que se dedica a cerrar empresas. Un buitre. Pero no de aquellos que habitaban el planeta hace ochocientos mil años. Aquellos tenían el corazón más limpio.

—Sí, pero vosotros erais sus cómplices. Nadie dijo nunca nada.

*When you're smilin' keep on smilin'...*

Volvía a sonar la radio. Redin subió el volumen.

—Verás la temporada que viene, con Yao Ming. Verás qué bien nos va a ir —dijo Andoni.

Vi la firma del jugador en el balón. También la de Luis Scola y la de Aaron Brooks. El muchacho sonrió con su hocico de coyote.

—Cuida bien ese balón —le dije.


Había en el Verde Valle Solitario, a un kilómetro del pueblo, cerca de la fuente de Matxintxulo, un pabellón que la empresa de chocolates Suchard utilizaba como almacén. Cuando Andoni llevaba cinco años enfermo y seis meses en Houston, se celebró allí una comida popular con el objeto de recaudar fondos para pagar su tratamiento. Las cajas de ahorros y bancos que tenían oficinas en la zona habían facilitado unos números de cuentas corrientes para que la gente que no era residente o que no iba a poder asistir a la comida pudiera contribuir.

Se acercaron muchos vecinos al pabellón, unos doscientos, y también bastante gente de otros pueblos del Verde Valle Solitario, unas cuarenta personas más. En cuanto a las donaciones, fueron especialmente generosas las de las fábricas ubicadas en las primeras campas del valle, destacando entre ellas la de Suchard, empresa que, «como no podía ser de otra manera», según recordó un delegado a los asistentes, había cedido el pabellón e iba a obsequiarnos con sus postres, a elegir entre bizcocho de chocolate, brownies o mousse. Los jóvenes de la escuela, los compañeros de Andoni, hicieron de camareros, y varios miembros de las sociedades gastronómicas se ocuparon de preparar la comida.

El menú. Entrantes: gambas a la plancha, chorizo cocido y jamón; primer plato: sopa de pescado o ensalada mixta; segundo: chuletillas de cordero o rape a la plancha. Por último, después de los postres de chocolate, café de puchero. Para beber, agua, vino y sidra.

Cuando comenzaron a servir los postres, Esteban, sentado en un extremo del pabellón, se puso en pie y caminó hacia la mesa más cercana. Se disponía a dar las gracias a los comensales, como acostumbran hacer los recién casados en las bodas.

—Tiene para rato. Hay más de veinte mesas —dijo la enfermera del pueblo, sentada delante de mí.

Las mesas, unos tableros asentados sobre caballetes, eran para diez personas.

Estábamos terminando el postre cuando Esteban se acercó a nuestra zona. Habló primero con los de la mesa de atrás. Les dio las gracias por su ayuda y los informó de que su hijo se encontraba mejor, pero tendría que quedarse en Houston un par de meses más. No resultaba fácil depender del tratamiento de un hospital situado a ocho mil kilómetros, pero, por lo visto, no había otra opción.

—¿Cómo se hace entender Andoni? —preguntó una mujer.

—Él habla bien el inglés —respondió Esteban—. Iba a una academia antes de ponerse enfermo y, no es porque sea su padre, pero tiene una facilidad increíble para las lenguas. Menos mal, porque por allí, en el hospital, nadie habla otra lengua, solo inglés.

—¿Y qué tal se encuentra tu esposa? —preguntó la misma mujer.

La enfermera del pueblo hizo una mueca.

—¡Vaya pregunta! ¡Cómo quiere que se encuentre! —exclamó en voz alta—. ¡Esas comadres preguntan cualquier cosa!

La enfermera era una mujer de unos cuarenta años. Por su fuerte carácter, en el pueblo la llamaban Thatcher.

—¡Qué puede decir uno en una situación como esta! —dijo el hombre que se sentaba al lado de la enfermera. Tenía el cuerpo atlético de un campeón de halterofilia y vestía un chándal blanco inmaculado que contrastaba con el atuendo de los demás compañeros de mesa, la mayoría de ellos campesinos. La enfermera llevaba una camisa vaquera; yo iba de azul marino. Creía recordar que el hombre del chándal blanco era efectivamente un deportista o exdeportista que se había casado con una chica del pueblo, pero no estaba seguro de ello.

Esteban se situó en uno de los extremos de nuestra mesa y repitió más o menos lo que acababa de decir en la anterior. Andoni se encontraba mejor, pero tendría que quedarse dos meses más en el hospital de Houston, uno de los mejores del mundo en el tratamiento del cáncer. Era la última esperanza. Nos daba las gracias por nuestra ayuda. En seis meses, todos sus ahorros se habían esfumado.

Se marchaba ya a la mesa siguiente, pero cambió de idea y se sentó con nosotros. Parecía cansado.

—Un café te sentará bien —le dijimos.

Los jóvenes de la escuela, con sus jarras de café y de leche, se disponían a servir nuestra mesa. Esteban asintió con la cabeza.

—De acuerdo, tomaré un café solo. Y el cuervo ¿qué tal está?

—Bien —respondió el hombre del chándal blanco, el destinatario de la pregunta—. Ha aprendido a comer de la mano de Imanol. Mis otros hijos también lo intentan, pero el pájaro no se les acerca.

—Percibe que Andoni e Imanol son amigos —sonrió Esteban.

—Ese cuervo vio que Andoni lo dejaba en manos de Imanol. Tal vez por eso se fía de él. La verdad es que ese hijo mío lo cuida muy bien. Le limpia la jaula todos los días.

—¿Es cierto que los cuervos poseen tanto discernimiento? —preguntó la enfermera—. Había oído que eran inteligentes, pero no pensaba que fuera para tanto.

La conversación adquirió un tono relajado. Todos los de la mesa nos pusimos a hablar de la inteligencia de los diferentes animales.

—Los cuervos aprenden a hablar mejor que los loros —comentó uno de los campesinos, el más viejo de la mesa. Tendría unos ochenta años.

—¡No me lo creo! —exclamó la enfermera.

—Para eso hay que cogerlos cuando son muy pequeños —dijo Esteban—. A Andoni se le cayó encima cuando apenas tenía plumas. Del nido, seguramente. Sin su madre, pensamos que moriría de hambre, pero Andoni le metía sopas de leche en el pico y consiguió sacarlo adelante.

—Hay que ver cómo aprendió su propio nombre. Lo dice con toda claridad: «¡Paquito!» —dijo el hombre del chándal blanco.

—Por eso no quería mi mujer que siguiera con nosotros —dijo Esteban—. Nuestro hijo en Houston y el cuervo en casa repitiendo el nombre que él le enseñó. No podía ser.

Se hizo un silencio en la mesa. Esteban se puso de pie y le dio una palmadita al hombre del chándal blanco.

—Tengo que continuar. Le diré a Andoni que el cuervo está bien. Siempre me pregunta por él.

El ruido inundaba el pabellón de Suchard: el murmullo producido por cientos de gargantas, el entrechocar de platos y cubiertos, las voces de los jóvenes que servían el café.

—Es la primera noticia que tengo de los cuervos parlantes —dijo la enfermera—. No me importaría tener uno.

—Pues pide que te traigan una cría. De lo contrario, no te lo aconsejo —dijo el hombre del chándal blanco—. Como ha dicho Esteban, es difícil que aprendan a hablar si no se los coge justo después de salir del nido.

—Casi todas las cosas son difíciles —dijo la enfermera.

—La verdad, no sé qué vamos a hacer con ese pajarillo —suspiró el hombre del chándal blanco—. A mi mujer también le resulta duro tenerlo en casa.

Se me hizo raro que un hombre tan corpulento dijera «pajarillo».

111

Noté el aliento de Redin en el oído:

—*Demandez-lui pourquoi.* Pregúntale por qué.

Su voz sonó tan clara como cuando me hablaba en la cabina del camión.

—¿Por qué le resulta duro a tu mujer? —pregunté.

—Porque los niños de la escuela consiguieron enseñarle a decir «Andoni», y lo repite muchas veces, como si le fuera más fácil pronunciar «Andoni» que «Paquito». Cuando empieza con lo de «Andoni, Andoni, Andoni», a mi mujer le parece que lo está llamando, y se le hace insufrible. Para ella es muy deprimente.

La palabra «deprimente» sonó rara en su boca.

—Le he dicho mil veces a tu mujer que saque a ese cuervo de casa, que si no va a ser ella la que se ponga mala. Pero no me hace caso —dijo la enfermera.

El hombre del chándal blanco suspiró.

—Ella lo haría, pero Imanol no quiere ni oír hablar de ello. Para él, eso sería traicionar a Andoni. Además, no creo que nadie quisiera adoptarlo. Se lo he preguntado incluso a los ciclistas que vienen a las sesiones de masajes, pero ellos tampoco pueden. Pasan muy poco tiempo en casa durante la temporada de carreras.

Redin volvió a susurrarme al oído:

—*Oh là là, il fait des massages aux cyclistes!* ¡El hombre se dedica a dar masajes a los ciclistas!

—No debe de ser agradable pasarse el día limpiando los excrementos del bicho —comentó el campesino de más edad.

En el pabellón, el rumor de voces había disminuido. La luz se iba debilitando por momentos. El sirimiri mojaba los cristales de las claraboyas del techo.

Concluida la ronda de agradecimientos, Esteban regresó a su mesa. Antes de tomar asiento, abrazó al delegado de Suchard.

—¿Para qué toda esta...? —dijo la enfermera en voz baja.

No llegó a formular la pregunta, pero todos comprendimos lo que quería decir. Por qué se esforzaba tanto Esteban, por qué se empeñaba en pedir ayuda, por qué aceptaba las vacías palabras de consuelo de la gente, por qué mostraba su pesar. Existía algo aún peor que sufrir en soledad: hacerlo en público, ante la mirada de la gente. Al fin y al cabo, ¿para qué quería el dinero? En Houston no hacían milagros. Andoni estaba condenado a morir, no era más que una ramilla en la corriente del río.

Me vino a la memoria la fuente de Matxintxulo, situada muy cerca del pabellón de Suchard. En verano, los niños del pueblo hacíamos carreras en el riachuelo de no más de un metro de anchura que se formaba allí. Al principio, con ramillas. Más adelante, con palitos pintados de colores: rosas, amarillos, morados, verdes, negros, rojos, azules. Yo pintaba el mío de verde, por ser el color de la trainera de Hondarribia. Era mi favorita, porque uno de mis primos remaba en ella.

Una leve risa se me metió por el oído. Redin parecía haber escuchado las palabras de la enfermera. Redondeó la risa con un comentario irónico:

—Esto de ir contando penas a la gente me recuerda el caso de Johnny Hallyday. Había roto con Sylvie Vartan, y en su siguiente concierto, ante cinco mil fans por lo menos, la mayoría chicas, se planta delante del escenario y se pone a gritar: «*Je suis seul! Je suis triste!*».

—No digas eso, por favor —dijo el hombre del chándal blanco. Pero no se dirigía a Redin, sino a la enfermera—. ¿Por qué no va a intentarlo Esteban? ¿Qué debería hacer? ¿Tirar la toalla y pasarse el resto de su vida preguntándose si hizo todo lo posible?

—Mejor me callo —respondió la enfermera.

El viejo campesino de nuestra mesa se metió en la conversación:

—Quien no ha tenido hijos no puede entenderlo. Yo tuve ocho. Sé de qué habla Endaya.

113

—*Le masseur des cyclistes s'appelle Endaya* —me susurró Redin. El masajista de ciclistas se llamaba Endaya.

La enfermera tenía los ojos llorosos. Sin embargo, no dejó que su voz trasluciera emoción alguna.

—Lo que tienes que hacer tú, Endaya, es cuidar a tu mujer, no solo a Imanol. Si no quieres que enferme de los nervios, tienes que sacar ese cuervo de casa. Precisamente, anteayer estuvo en la consulta y me pidió un calmante para poder soportar los graznidos de ese bicho.

—Ahora lo tenemos en el cobertizo trasero. Apenas se le oye desde casa.

Me acordé de una pequeña navaja con mango de nácar que mis padres me trajeron de Lourdes y que yo perdí en la fuente de Matxintxulo. Era perfecta para alisar los palitos y las ramillas.

Había oído decir que la fuente de Matxintxulo quedó destrozada cuando se construyó el pabellón de Suchard, pero me acerqué allí y pude comprobar que estaba igual que cuando Esteban y yo éramos niños. Seguía siendo un lugar encantador. Un sendero llevaba hasta un terreno llano con manzanos y maizales, más allá del cual se extendía una ladera con un pequeño bosque cubierto de helechos. En la línea donde el bosque se unía con los manzanos y maizales, medio oculta en una especie de cofre fabricado con losas de piedra, se hallaba la fuente. Eran sus aguas las que formaban el riachuelo de no más de un metro de anchura. La corriente era rápida al principio, como convenía para las carreras de palitos; más adelante, tras recorrer unos cien metros entre musgos y hierbajos, desaparecía.

—*C'est joli ce petit coin* —dijo Redin detrás de mí. Qué rincón tan bonito.

Su presencia me incomodó. Prefería visitar Matxintxulo a solas.

El charco que había delante de la fuente se asemejaba a una bahía en miniatura. Allí estaban, alineados en la orilla menos agitada, nuestros palos de colores, las chalupas rosas, amarillas, moradas, verdes, negras, rojas, azules. Sí, después de más de cuarenta años, todo seguía igual. Me guardé uno pintado de verde en el bolsillo de la camisa, como recuerdo.

Caminé hacia el pequeño bosque y me adentré unos pasos en él. Había algo parecido a una pluma blanca al lado de un helecho. Me agaché para verla mejor. Era la navaja que me trajeron mis padres de Lourdes. Me apresuré a cogerla, porque me asaltó el temor de que una mano furtiva me la arrebatara. Me la guardé en el pantalón y sentí su peso en el fondo del bolsillo, el frío contacto del nácar contra el muslo. La felicidad me hizo reír.

Redin me observaba. Sentado entre los helechos, el rojo de su camisa parecía más intenso.

—Eres un hombre con suerte —me dijo—. No es normal encontrar algo perdido hace tanto tiempo. Mi trompeta, por ejemplo, la dejé en un bar una noche de copas y no la he vuelto a ver.

Suspiró.

—*Bon, il faut faire le derniere tour* —continuó, pasándose al francés. Teníamos que dar la última vuelta.

*When you're smilin' keep on smilin'...* Era Louis Armstrong. Nos encontrábamos de nuevo en la cabina del camión.

Redin apagó la radio.

—Daremos la última vuelta en silencio —dijo.

El camión se elevó en el aire, como un aeroplano, y pude divisar el Verde Valle Solitario en toda su extensión. Carreteras y caminos que descendían hacia lo más profundo del valle, un río, las casas, las colinas, la iglesia, el cementerio. A lo lejos, los otros pueblos del valle. Toda la luz se concentraba allí, en la tierra. El cielo estaba más oscuro. El mismo cielo sombrío de hace ochocientos mil años.

El espejo retrovisor mostraba la carita de coyote de Andoni. Miraba hacia abajo con suma atención.

—Ibargai, Zerra, Albinone, Apreterone, Irazune, Erremintari, Seberone, Sutegi, Tximelane...

Iba recitando los nombres de las casas de nuestro pueblo natal. Desde la altura a la que nos encontrábamos, se asemejaban a las de un belén.

—Etxetxo, Jostundegi, nuestra carnicería, Iharrone, Peñane, Sagastume, Añorga, Ilobate, Donbitorione, Pepane, Arbe, Bizkai, Goiko Ostatu, Motse, Erretotxe, la iglesia, Lizarra, Apalasagasti, Larre, Elkeita, el cementerio..., ¡un burro!

Era verdad. Un burro pacía en un prado, al otro lado de la tapia trasera del cementerio.

El camión volaba en círculos con la levedad de un planeador. Andoni continuó con su lista.

—Andretza, Agerre, antes Panaderi, Ibarrazpi, Endaya...

Dejó escapar un ruido, mitad risa, mitad gemido.

—Ahí debe de estar Paquito, mi pájaro. Me lo cuida Imanol.

—No te quejarás —le dijo Redin.

Divisé el pabellón de Suchard y, muy cerca, la fuente de Matxintxulo. Me palpé el bolsillo del pantalón para comprobar si la navaja de nácar continuaba allí. Efectivamente, allí estaba.

Los gestos de Redin eran ahora los de un piloto.

—Tendremos que iniciar el descenso.

El camión empezó a dar tumbos, como si topara con baches en el aire. Nos dirigíamos directamente a la iglesia. De su interior salía una canción entonada por voces agudas. Fuera, con los paraguas abiertos o resguardados bajo el pórtico debido a la lluvia, esperaban unos cuarenta hombres, todos con ropa oscura. La única excepción era Endaya. Iba vestido igual que cuando lo conocí en el pabellón de Suchard, con un chándal blanco. Se mantenía separado de los demás, junto a una de las puertas laterales de la iglesia.

—Un día triste. Igual que el de hace ochocientos mil años —dije acercándome a él.

—Sí, así es —me respondió. Se le veía preocupado—. ¿Te has enterado de lo del cuervo?

—Ha muerto, ¿verdad?

Endaya asintió, cabizbajo.

—Casi no me atrevo, pero te lo voy a contar. Anteayer, el cuervo estaba muy alborotado. Se sacudía las alas, chocaba contra los barrotes de la jaula. Empezó por la mañana, y los golpes me despertaron. Parecía que se había vuelto loco. Llegó a hacerse sangre en la cabeza. Imanol intentó tranquilizarlo, pero fue inútil. Hacia las once, cuando subí a casa después de dar un masaje, me lo encontré patas arriba en la jaula.

Las voces agudas del interior de la iglesia habían cesado. Las miradas de los hombres que estaban esperando fuera se dirigieron a la carretera. Un vehículo largo subía hacia la iglesia.

—¿No te das cuenta? —dijo Endaya levantando la voz—. El cuervo murió anteayer por la mañana en nuestra casa. Y Andoni murió anteayer por la mañana en Houston. ¿Qué te parece? ¿Casualidad? Yo opino que las vidas de Paquito y de Andoni estaban conectadas y que por eso han muerto a la vez.

—¿Cómo se lo ha tomado Imanol?

—Mal. Está destrozado. Y no me extraña, ha perdido a dos amigos a la vez.

Los hombres, con sus paraguas abiertos, habían formado un corro junto a los escalones que conducían desde la carretera hasta la entrada de la iglesia. Endaya y yo nos acercamos al grupo.

El vehículo largo se detuvo a unos metros de los escalones. Esteban y su mujer se encontraban algo más atrás, agarrados, las cabezas pegadas, mientras otros los tapaban con sus paraguas.

Era Redin quien conducía el vehículo largo. Su camisa roja llamaba la atención entre las vestimentas oscuras del resto de la gente. Abrió la puerta trasera del coche para que sacaran el féretro. Endaya se llevó las manos a los ojos. No podía contener el llanto.

El cura dio inicio al acto religioso con la lectura del Salmo de David: «Cansado estoy de mis gemidos; todas las noches inundo de llanto mi lecho, con mis lágrimas riego mi cama». El momento requería palabras bien escogidas. Todas las muertes causaban pesar, pero la muerte de un muchacho, de un niño casi, era algo más, una puñalada.

Yo llevaba años, desde los tiempos en que extravié mi navaja de nácar, sin entrar en la iglesia de mi pueblo natal. Contemplé las capillas, semejantes a cuevas o criptas, las columnas doradas del retablo, los ramos de rosas ante el altar, y me pareció la misma iglesia de siempre, igual que la fuente de Matxintxulo era la misma fuente de siempre.

Las figuras de la mayoría de los santos del retablo, representados con camisones cortos, estaban medio desnudas. Me acordé de que a un vecino del pueblo que había perdido la cabeza le dio por ir a misa los domingos vestido con una simple sábana. Un día, el sacerdote le pidió que abandonara la iglesia, a lo que él replicó: «Y esos santos de ahí delante ¿acaso no van igual? Entonces, ¿por qué me tengo que marchar yo?».

Me quité la historia de la cabeza para concentrarme en el funeral. El sacerdote leía de la Biblia abierta sobre el atril: «Hoy estarás conmigo en el paraíso». En aquel mismo instante, una de las coronas depositadas sobre el túmulo cayó al suelo y recorrió cinco o seis metros de la nave central girando como una rueda. Endaya fue el primero en dejar su asiento. Agarró con las dos manos la corona y la devolvió a su sitio. Su chándal blanco desentonaba en el interior de la iglesia. Me fijé en Esteban y su mujer. Estaban inmóviles, como estatuas.

El sonido del órgano se extendió por toda la iglesia nada más terminar el sacerdote la lectura de la Biblia, y las mujeres empezaron a cantar. Sus voces se habían transformado. No eran ya las voces agudas que oí desde fuera de la iglesia; ahora eran suaves. Se sumaron algunas voces masculinas, entre las que destacaba la de Redin. Era hermosísima. En un momento dado, me susurró al oído:

—Estamos cantando *I am the resurrection and the life.* Un fragmento del *Requiem* de Henry Purcell.

La música se entremezclaba con el olor de las rosas del altar y la llama de los cirios.

—¡Qué belleza! —exclamé.

Me acometió el deseo de abandonar la iglesia para dirigirme a la colina del cementerio, y me dejé llevar por él. Mientras subía la cuesta, al pasar por delante de las casas, Elizegi, Elizatze, Lizarra, Larre, Elkeita, la música me seguía acompañando; pero ya no venía entremezclada con el olor de las rosas y de la llama de los cirios, sino con la luz del día. Lo comprendí de repente: todo aquello era una *diversión*. Debíamos seguir aquella música, contemplar aquella luz, sentir el sosiego del Verde Valle Solitario; no debíamos pensar en la muerte.

El burro que pacía al otro lado de la tapia trasera del cementerio rompió a rebuznar. En un primer momento me enfadé, porque había quebrado la armonía del instante; pero también aquello era una *diversión*. Ante la muerte, el enfado es una buena escapatoria.

El vehículo largo apareció enfrente de la casa Apalasagasti y continuó su lento ascenso hacia el cementerio. Tras él, tan abrazados como antes, caminaban los padres de Andoni. A continuación, los que portaban las coronas. Un poco más atrás, unos veinte jóvenes, chicos y chicas, seguramente los compañeros de clase de Andoni; por último, el resto del cortejo, unas cien personas.

Empezó a lloviznar de nuevo y un montón de paraguas se abrieron de golpe. Todos eran negros, salvo los de las chicas, que eran de colores.

Redin detuvo el vehículo delante del cementerio. De todos los asistentes al entierro, solo dos no vestían de oscuro, él y Endaya. El chándal blanco de Endaya resultaba menos llamativo que la camisa roja de Redin.

Seis muchachos cargaron el féretro. Uno de ellos, de cuerpo robusto, lloraba desconsoladamente. Pensé que sería Imanol.

La tumba estaba preparada. Un hoyo cuadrado rodeado de tierra negra. Depositaron allí el féretro.

El acólito que acompañaba al cura llevaba una caja de plástico transparente que entregó a los padres de Andoni. Esteban extrajo de ella el balón firmado por los jugadores del Houston Rockets, lo besó y lo volvió a meter en la caja, que dejó en la cabecera de la tumba, junto a la cruz.

La navaja de nácar continuaba en mi bolsillo. La saqué y la puse encima de la caja de plástico transparente que contenía el balón.

—Gracias —me dijo Esteban.

Muchos de los que rodeaban la tumba lloraban, y más fuerte que nadie el que supuse que era Imanol, el amigo de Andoni. También Endaya tenía los ojos llorosos, así como la enfermera con quien había compartido mesa en la comida del pabellón de Suchard.

El burro empezó de nuevo a rebuznar. Pero nadie pareció darse cuenta. Nadie se enfadó. Se extendió un murmullo. La oración.

Finalizado el entierro, los asistentes dirigieron sus pasos colina abajo, más presurosos que al subir, los jóvenes y los niños corriendo o saltando. En cambio, yo tomé la dirección opuesta, hacia el prado donde pacía el burro. La hierba mostraba un verdor extremo.

Junto al burro, se encontraba el muchacho robusto, Imanol. Seguía llorando.

—¿Por qué lloras así, Imanol?

Levantó los ojos hacia mí, sin decir nada. Se lo volví a preguntar, nuevamente sin obtener respuesta. El burro siguió comiendo hierba, ajeno a nuestra presencia.

Se lo pregunté por tercera vez. Recibí por fin una respuesta, pero entremezclada con sollozos, y no le pude entender. Al final gritó:

—¡No pienso volver a casa! ¡Mi madre lo envenenó! ¡Por eso murió Paquito!

—¿Cómo lo sabes?

—Hoy al mediodía estaba limpiando la jaula y he encontrado matarratas entre el alpiste. Ella intentó disimularlo, pero quedaron restos. ¡Por eso lo sé! ¡Maldita sea! Y mi padre ¿cómo puede ser tan tonto? Dice que Paquito y Andoni eran como gemelos y que por eso murió uno cuando murió el otro.

El burro ladeó la cabeza y se nos quedó mirando.

—Tienes que entenderlo, Imanol. Tu madre no podía soportar los graznidos del cuervo de Andoni. Entiéndelo, por favor. Uno no puede vivir con el recuerdo permanente de un suceso triste. Podía haber dejado al cuervo en libertad, pero, no sé, igual no se le ocurrió.

Imanol habló con más calma.

—Ella dice que lo soltó por la ventana cuatro o cinco veces, pero que regresaba enseguida y que gritaba más que nunca.

—Un pájaro enjaulado no se acostumbra al aire libre.

Imanol se echó de nuevo a llorar.

—Primero Andoni y luego Paquito. ¡Me da mucha pena!

Era un niño todavía. Tenía que quitarle de la cabeza aquellos pensamientos.

—¿Te apetece dar una vuelta en el camión?

Él miró alrededor.

—¿Qué camión?

Miré yo también, queriendo averiguar dónde lo había aparcado Redin. Pero allí no se veía nada. La carretera que ascendía desde el pueblo hacia la montaña estaba desierta, al igual que los alrededores de la iglesia.

—Pues no está —le dije.

El burro dio unos pasos y se arrimó a nosotros.

—¡Maldito burro! —se enfureció Imanol.

Arremetió a puñetazos contra él y no paró durante un buen rato. De vez en cuando, por un movimiento del animal, fallaba el golpe y caía al suelo. Una de las veces no se levantó y se quedó sentado en la hierba. Estaba agotado.

—Vamos a bajar al pueblo —le dije—. Eso sí, tendremos que ir andando. No podemos contar con el camión. Creo que ha desaparecido para siempre.

# Conferencia sobre la vida y la muerte en el cementerio de Obaba-Ugarte

El cementerio estaba bastante lejos del pueblo, y todos los que formábamos parte de la comitiva fuimos hasta la zona del río para, desde allí, tras cruzar un puente, emprender una subida larga que duró no sé cuánto tiempo. Era primavera, eso sí que lo puedo asegurar: la hierba crecía fresca y brillante en los campos, y se veían flores por todos los rincones del camino, tiesas flores azules, minúsculas flores azules, flores amarillas, flores rosas, flores rojas que crecían en montón formando manchones. No faltaban, en aquel recorrido que nos conducía al cementerio, otras señales de la primavera: las mariposas y el canto de los pájaros. De vez en cuando, se acercaba volando un mirlo y se tragaba una mariposa, y era tal el silencio de la comitiva que se oía perfectamente el *plap* del pico al cerrarse. De todas formas, el pájaro más notable, que en realidad no era un pájaro sino una bestia, un buitre, lo teníamos siempre al alcance de la vista. Volaba en círculos sobre nosotros con sus enormes alas extendidas.

Continuamos subiendo hasta llegar a un alto desde el que se divisaba un valle, o mejor dicho un vallecito, donde también era, sin duda, primavera: los trigales estaban en su punto máximo de verdor, los campos de avena eran igualmente verdes pero de un tono más oscuro. Entre las flores, abundaban las orquídeas y los rosales silvestres. Bajamos al vallecito y seguimos por un camino de color rojizo perfectamente llano, con las montañas de Obaba-Ugarte enfrente. El buitre que sobrevolaba la comitiva trazaba ahora círculos más amplios.

El camino rojizo daba a una carretera, y nada más llegar a ella nos desviamos a la derecha, hacia una llanura solitaria. Tuve el presentimiento de que debía de haber una autopista o una vía ferroviaria cerca, a unos pocos kilómetros, y me puse a escrutar el terreno por si descubría la silueta de algún camión o de algún tren; pero mis ojos solo alcanzaron a ver la niebla que cerraba el horizonte. Me hice entonces, para mis adentros, una pregunta clara: «¿Es que no vamos a llegar nunca a ese cementerio?».

El sujeto que iba detrás de mí me puso la mano en el hombro y quiso tranquilizarme:

—No te preocupes. Llegaremos antes de que anochezca del todo.

Miré hacia los montes, hacia el cielo. Los montes estaban casi negros; el cielo, todavía azul, parecía marchito. Observé con más atención: el buitre había desaparecido, los pájaros no cantaban, las flores habían perdido su viveza. Apareció un pato y cruzó el aire en línea recta, veloz como una flecha. El sujeto que iba detrás de mí exclamó:

—¡Qué bien vuela!

Al primer pato lo siguieron otros diez o doce, volando también en línea recta, cómodamente, sin forzarse. Enfilaron todos, el primero, el solitario, y los diez o doce que lo seguían, hacia una laguna.

Llegamos también nosotros a la laguna y volvimos a ver los patos, esta vez descansando sobre el agua y tan quietos que parecían de madera. El sujeto que iba detrás de mí en la comitiva profirió una nueva exclamación:

—¡Qué cosas pasan! ¡Mira eso!

Dejé de caminar y miré alrededor. Cerca de donde estábamos, pegado a un poste que se alzaba en la orilla, había un papel envuelto en un plástico transparente. En el papel, las líneas que alguien había escrito con muy buena letra:

Adiós, Bat. Mario y yo sentimos no ser tan valientes como tú y no haber arriesgado más para salvar tu vida. Aquellos momentos de sufrimiento los llevaremos siempre sellados en el alma, y aunque sabemos que tú nos perdonas, lamentamos no haber mostrado el coraje que tu vida merecía. Ahora solo nos queda llorar por ti y decirte adiós. Mario y Yaiza escribieron esta despedida. Nunca olvidarán aquella fatídica mañana de domingo del 25 de febrero de 2018.

El sujeto que iba detrás de mí quiso explicármelo. El perro había quedado atrapado en el fango de la laguna cuando trataba de recuperar la pelota que, jugando, la pareja le había tirado al agua, y había muerto ahogado. Remató su explicación con un comentario que, en ese momento, no me resultó muy comprensible:

—De todas formas, Mario y Yaiza deberían mirar el lado bueno del suceso. Estoy convencido de que, *de facto*, los dos se quieren más desde entonces.

Tras caminar largamente por la orilla de la laguna llegamos por fin al otro lado. Estaba anocheciendo, y cuando alcé la cabeza, preocupado, sin poder ubicarme, tratando de vislumbrar algún lugar que me resultara familiar, solo me topé con las negras siluetas de las montañas. En la superficie de la laguna ya no se distinguían las figuras de los patos. El cielo azul marchito era ahora morado, con manchas verdosas. En una de ellas se veía otra mancha más pequeña, similar en su forma a un caldero de bronce.

—Es la luna —me dijo el sujeto de atrás—. Ya verás, a partir de ahora nos seguirá, como antes el buitre.

Me di la vuelta para verle la cara, pero, como si quisiera jugar al escondite, él se ocultó raudo detrás de mi espalda. Lo único que pude ver fue la larga hilera de la comitiva. Ocupaba toda la orilla de la laguna, y en la parte más alejada se asemejaba a un reguero de hormigas. Era sorprendente que hubiera tanta gente. Después de todo, se trataba de un acto cultural, de una mera conferencia sobre dos temas tan viejos como el mundo, la vida y la muerte, no de un partido de baloncesto entre, por ejemplo, los Houston Rockets y los Celtics.

Ocurrió lo que me había dicho mi acompañante. La luna nos siguió hasta el cementerio, que era enorme y estaba rodeado por un muro alto, a la manera de las antiguas ciudadelas. Aquello me sorprendió. No me lo imaginaba así, tan fortificado y tan grande. El sujeto de atrás oyó por lo visto aquel pensamiento, y me dio una de sus explicaciones:

—Estos últimos años, desde que llegó la industria, Obaba-Ugarte ha crecido mucho. Fíjate: el número de habitantes en 2020 quintuplicaba el de 1970. Hubo que ampliar el viejo cementerio. Pero, *de facto*, fue para bien. Ahora ofrece la posibilidad de organizar una gran variedad de eventos. La conferencia de hoy, por poner un ejemplo.

Me sentía un tanto desconcertado. No conseguía ubicar el cementerio, la comitiva, la figura sin rostro a mis espaldas, la bandada de patos del lago, el buitre que volaba en círculos, la luna de color bronce, mi cuerpo; eran solo instantáneas de mi memoria, piececillas sueltas de un puzle. Sentí temor. Conocía a personas que habían sufrido un ictus. Algunos de ellos eran conscientes de que les estaba pasando algo anormal, pero la palabra para definirlo no les venía a los labios, al igual que ocurre con esas melodías que se oyen mentalmente pero que resultan imposibles de reproducir cantando. Yo tenía la misma sensación. Algo me estaba ocurriendo. Quizás era víctima de un ictus. O si no estaba soñando, sin más. O estaba bebido, también podía ser. O me había tomado alguna sustancia, un ácido, por ejemplo. Me habría gustado que, como en el cuento infantil, un espejo me proporcionara la respuesta, aclarándome qué me ocurría y cuál era la razón por la que me sentía tan perdido; pero no había tal espejo.

—*De facto*, nunca ha existido nada semejante. Esas historias de espejos que dicen la verdad no se las creen ni los niñitos —me dijo el sujeto de atrás.

Podía oír mis pensamientos, estaba claro.

—¡Ya estamos aquí! ¡Qué alegría! —añadió poco después, cuando la comitiva comenzó a adentrarse en el cementerio. Me dio un pequeño empujón en la espalda—. Sigue adelante, a ver si pillamos un buen sitio. Va a ser una conferencia con imágenes, así que mejor si nos ponemos en la primera fila.

Debido a mi poco ánimo y a que tenía la memoria y el entendimiento taponados, decidí hacerle caso a aquel sujeto, el señor De Facto. Hubiese preferido ir de la mano de mi padre o de mi madre, pero ambos se encontraban en el cementerio de Obaba-Ugarte desde hacía mucho, bajo tierra, obviamente, y era inútil dar alas a mi deseo, bien fueran alas de buitre o de pato, o bien más pequeñas, de mariposa. Renuncié, pues, a las alas, y muy bien. Mejor moverse por el mundo sin engaños ni neurastenias. Con todo, me sentí muy solo, como el niño abandonado de la canción, *like a motherless child, a long way from home, a long way from home.*

—¡Estupendo! —exclamó el sujeto de atrás con entusiasmo—. Hemos mantenido la posición pese a habernos parado a leer el cartel del perro que se ahogó, y, fíjate, ahora estamos en primera fila. —Me dio unas palmaditas en la espalda y soltó una risita—. No hay de qué extrañarse. *De facto*, los primeros suelen ser los primeros.

Había muchas sombras que cubrían las tumbas a modo de lienzos, pero la oscuridad no era especialmente densa. La luna seguía teniendo la forma de un caldero, y su luz era ahora más blanca. Parecía de platino, no de bronce.

—Ahí están los conferenciantes —me susurró De Facto al oído.

Vi dos figuras en la plataforma que habían instalado delante de un enorme panteón. Una de ellas iba vestida de frac y era de estatura alta, con una boca grande, ojos también grandes, la cabeza calva, como una bola de billar, y la cara pintada de blanco. Observé la segunda figura. Se trataba de un hombrecillo esmirriado, ataviado con andrajos de muchos colores y un sombrero zarrapastroso que le daba aspecto de pordiosero. Iba maquillado como un payaso, con lunares rojos en las mejillas y puntas de estrella igualmente rojas alrededor de los ojos.

Me fijé más en aquellos conferenciantes y me di cuenta de que ambos llevaban zapatos rojos, de un rojo más brillante que el del maquillaje del hombrecillo.

—¡Escucha! ¡D. M. va a hablar! —me apremió De Facto. Se refería a la figura calva de cara blanca y frac.

El aviso sobraba. El gentío que llenaba las calles y los claros del cementerio extendía los brazos hacia el escenario y aplaudía con entusiasmo.

—¿Quién es este D. M.? —pregunté.

—¿No lo sabes? ¡El Doctor Mortimer! —me respondió De Facto—. ¡Ya verás qué voz tan hermosa tiene!

No exageraba. Cuando aquel sujeto, D. M., el Doctor Mortimer, pronunció las palabras que dieron inicio al acto —«gracias de todo corazón por acercaros a esta conferencia sobre la vida y la muerte»—, creí encontrarme ante uno de esos cantantes mitad soprano, mitad tenor que interpretan piezas como el *Ave María* o *Una furtiva lacrima* en televisión, en programas selectos. Su voz era de miel, es decir, melodiosa. En parte masculina, en parte femenina.

—Disfrutamos de una hermosa noche —añadió—. El sol nos ha dejado su calidez antes de pasarle el relevo a la luna.

De Facto suspiró y dio la impresión de estar conmovido. Necesitó un tiempo para recobrarse y unir sus aplausos a los de los demás.

Tras hacer una reverencia, el Doctor Mortimer contempló durante unos segundos el numeroso público que se repartía a lo largo y ancho del cementerio. El maquillaje blanco de su rostro resaltaba a la luz color platino de la luna. O quizá fueran los focos los causantes de aquel efecto. Porque había focos que lanzaban su luz a la plataforma, concretamente tres, dos de ellos colocados en lo alto del panteón, en los extremos del falso tejado, y un tercero situado enfrente, en una tumba con forma de pirámide.

El Doctor Mortimer sonrió exageradamente, con la boca abierta hasta las orejas, y pidió al hombrecillo con traza de pordiosero que se acercara al proscenio de la plataforma.

—Que hable ahora mi ayudante —dijo—. Que se presente a sí mismo.

De Facto se rio a mis espaldas. No fue el único, había más gente riendo alrededor. Ellos entendían la situación. Yo no.

El hombrecillo con traza de pordiosero se acercó con pasos torpes, como si estuviera un poco intoxicado. Tras quitarse el zarrapastroso sombrero, voceó:

—Dicen que yo soy...

Los asistentes al acto, tanto los que estaban sentados sobre las tumbas como los que permanecían de pie al amparo de los muros del cementerio, vocearon de forma aún más estentórea:

—¡Parko!

El hombrecillo, Parko, se puso a hacer reverencias. A cada inclinación, el sombrero se iba al suelo; lo recogía, volvía a hacer una reverencia, se iba de nuevo el sombrero al suelo y vuelta a recogerlo; la operación se repitió cinco o seis veces. El público celebró la escena con carcajadas y aplausos. De Facto también. Yo y los que estaban dentro de las tumbas fuimos las únicas excepciones. No por la misma razón, obviamente.

El panteón reproducía la forma de una casa de buen tamaño, pero carecía de puerta y de ventanas, y su fachada, blanca blanquísima, presentaba la tersura de una pantalla de cine. A la luz de los focos, las siluetas de los conferenciantes se dibujaban en ella como en un teatro de sombras chinescas. El Doctor Mortimer se movía con elegancia, con ademanes comedidos; Parko, de forma agitada, como si estuviera preparando algo y tuviera prisa.

—Eso es lo que está haciendo, preparar cosas —me informó De Facto a mi espalda—. D. M. utiliza vídeos en sus conferencias, y es Parko quien se ocupa del lado técnico.

El Doctor Mortimer, D. M., se encontraba en el centro de la plataforma de delante del panteón. Parecía una estatua. Bien mirado, lo hubiesen podido tomar por el camarero de un hotel de lujo, pero la cabeza «bola de billar», el rostro blanco y la boca grande le daban un aspecto inhumano que, por lo general, no suelen tener los camareros. Algo lejos de él, en el ángulo de la plataforma donde se asentaba una mesa llena de cables, Parko trajinaba con el ordenador, con cascos en las orejas, el zarrapastroso sombrero echado hacia atrás en la cabeza.

—¡Atención! D. M. se dispone a hablar —me advirtió De Facto.

Tenía razón. La bocaza del Doctor Mortimer se estaba moviendo.

—Para llegar hasta aquí hemos bordeado una laguna —dijo, pronunciando las palabras con una dulzura que no parecía posible en aquella boca suya tan grande.

De Facto me susurró al oído:

—El sonido, perfecto. Parko está haciendo un buen trabajo.

Volvía a tener razón. Aquella primera frase del conferenciante se propagó por todo el cementerio, de tumba a tumba, de asistente en asistente, como envuelta en celofán.

—No ha sido por azar, amigos —prosiguió la bocaza, es decir, el conferenciante, D. M., el Doctor Mortimer—. Hemos pasado por la laguna porque yo así lo deseaba. Quería daros a conocer la reacción que tuvieron Mario y Yaiza cuando se les ahogó su perro, pues se trata de un ejemplo de la filosofía que nuestro programa sobre la vida y la muerte pretende transmitir. Filosofía que se resume en esta sencilla sentencia: «La muerte es una madre».

De Facto aplaudió, y lo mismo hicieron muchos de los que seguían la conferencia desde la zona central del cementerio. Destacó entre todos una mujer que se apoyaba en una tumba con forma de pirámide y que, además de aplaudir, chillaba como una fan de la época de los Beatles.

Después de unos segundos, el Doctor Mortimer prosiguió:

—Recordad por un momento las palabras que Mario y Yaiza dejaron escritas en la orilla del lago: «Ahora solo nos queda llorar por ti y decirte adiós». Hermosas palabras que bien valdrían para el estribillo de una canción, palabras de amor. Y he aquí mi pregunta: ¿a qué se debe, no solo en el caso de Mario y Yaiza, sino en general, la aparición de ese sentimiento que se adueña del cuerpo y del espíritu? ¿A qué se debe el amor? ¿Acaso a la vida? ¡En absoluto! La vida lo hunde. En cambio, la muerte lo atrae, lo fortalece, incluso lo resucita a veces. ¡La muerte es lo más grande, amigos!

Antes de que el Doctor Mortimer concluyera su exordio, Parko salió de detrás de la mesa de sonido y empezó a moverse por la plataforma como quien pretende decir algo y no puede, gesticulando como un muñeco de guiñol. Finalmente, con una voz que era mitad grito, mitad gemido, exclamó:

—Y aun así, aun así...

La excitación le impedía tomar aire para acabar la frase. El Doctor Mortimer se acercó a él y le dio una palmada en la espalda, como se hace con alguien al que se le ha atascado un trozo de pescado en la garganta. Eso ayudó a Parko, que pudo por fin expulsar de la boca lo que deseaba decir:

—Y aun así, ¡aun así!, la Vida tiene mejor fama que la Muerte. ¡No es justo! ¡Es cien veces injusto!

Con el último gemido, no pudiendo contener su desconsuelo, Parko rompió a llorar. Parte del público rio, parte lloró y la mayoría calló. Acabó imponiéndose la mayoría y reinó el silencio.

Indiferente a las risas, llantos y demás efusiones del mundo, la luna se mantuvo inmutable, sin perder su forma de caldero ni su color platino. En el cementerio no se oía nada, ni un susurro, ni un chasquido. Callaban los que estaban dentro de las tumbas y callaban los de fuera, unos forzosamente y otros porque se sentían intimidados. Hubiesen podido cantar los pájaros para romper aquel silencio y rebajar algo la tensión, pues existen, también en Obaba-Ugarte, pájaros que cantan de noche. No me refiero solo a los búhos y a los mochuelos. Acordémonos del ruiseñor. Sin duda alguna, hubiese venido bien en ese momento el canto de un ruiseñor. No habría llegado hasta la luna de color platino, pero sí hasta los límites del cementerio. Incluso más allá, tal vez hasta la zona de Obaba-Ugarte. O quizá no. La distancia hasta la población era grande, según había podido comprobar al venir con la comitiva: había que llegar hasta el otro lado de la laguna, luego caminar por la carretera y por el camino rojizo, subir una cima, coger otro camino, seguir hasta el río. Difícilmente podría el aire transportar la voz del ruiseñor a una distancia semejante.

—No sería raro que cantara, no —dijo el sujeto de atrás—. *De facto*, hay cinco o seis ruiseñores que anidan por aquí. Suelo venir de vez en cuando a este cementerio y los he visto alguna vez.

Había movimiento en la plataforma del panteón. La conferencia seguía su curso. D. M., el Doctor Mortimer, se encontraba en medio de la luz de los focos, solemne como un rey de museo. Me di cuenta de un detalle que hasta entonces me había pasado desapercibido: lucía una borla blanca en el ojal de su frac. Se veían más sus zapatos rojos que la borla blanca. Por lo brillantes que eran, quizás.

Retomó el hilo con su voz de miel:

—Como sin duda sabéis muchos de vosotros, Parko es muy sentimental. Un ser quebradizo, como tantos y tantos en este mundo. No obstante, tiene razón, la Vida goza de mayor prestigio que la Muerte, y eso no parece justo. Pues bien, queridos amigos. Llegados a este punto de la conferencia me vais a permitir un excurso filológico. ¿Os habéis parado a pensar, alguna vez, en los hermosos nombres con que en las diferentes lenguas se designa la muerte?

Tratando de crear suspense, el Doctor Mortimer cerró herméticamente la bocaza que recorría su cara de oreja a oreja y se quedó mudo. Yo pensé: «Ahora empezará a cantar el ruiseñor y la noche tomará otro cariz». Era la expresión de un deseo. En mi cerebro, en un pliegue recóndito, albergaba la esperanza de que alguien se pronunciara a favor de la vida, porque, por lo que llevaba visto y oído, estaba claro que los conferenciantes se iban a emplear a fondo en su contra. Sin embargo, fue la voz del Doctor Mortimer la que se propagó de nuevo por el cementerio. Era bonita, sin duda, pero no tan inocente y bella como la del ruiseñor.

—¡Escuchad los nombres que adopta la muerte en diferentes lenguas! Nombres hermosos, todos ellos: *Moarte! Kibo! Ukufa! Iku! Kematian! Bhais! Death! Kuodema! Heriotza! Tod! Dod!...*

Los pronunció con tanta elegancia y con una modulación tan emotiva, con tanto *rever*, que se hubiera dicho que recitaba la alineación de un supermoderno equipo de fútbol. De Facto suspiró emocionado:

—¡Qué nombres tan maravillosos! ¡Yo me quedo con *Moarte, Kuodema* y *Kematian*!

El Doctor Mortimer prosiguió con su excurso filológico:

—Comparad esos nombres con los que aluden a la vida: *¡Vita, Vie, Vi...!*

Parko bajó deprisa y corriendo de la plataforma y se puso a gritar delante de los que estábamos en la primera fila del público: «*Vi! Vi! Vi!*». Acompañaba sus gritos con carcajadas. Pero no era una risa sana, sino la de un payaso malvado. Esa fue, al menos, mi impresión. Cada vez más excitado, se metió entre la gente y se puso a saltar de una tumba a otra sin dejar de gritar «*Vi! Vi! Vi!*». También él llevaba zapatos rojos brillantes y una borla blanca. Los zapatos en su sitio, en los pies; la borla, no en el ojal de la solapa, sino en su zarrapastroso sombrero. Con cada salto, la borla subía al aire como si estuviera sujeta con un hilo de goma. *«Vi! Vi! Vi!»*, y la bola al aire, al aire, al aire.

Yo había estado pensando en ruiseñores y, al ver a Parko gritando *«Vi! Vi! Vi!»*, me acordé, por asociación, de los canarios. Más concretamente, de los polluelos a los que se enseña a cantar poniéndoles grabaciones de miembros adultos de su misma especie. Las crías no solo imitan la melodía y los trinos, sino, asimismo, el volumen. Si la grabación está a nivel seis, ellas cantan a nivel seis; si está a nivel dos, a nivel dos. De manera que si alguien, con mala intención o sin ella, sube el volumen por ejemplo a catorce, el aprendiz, es decir, el polluelo de canario, trata de alcanzar dicho volumen y se ahoga. No como un perro en un lago, sino por la sencilla razón de que se le quiebra la garganta en el empeño. ¿Le ocurriría lo mismo a Parko? No, lo impidió una orden de la bocaza, es decir, del Doctor Mortimer:

—¡Parko! Vuelve aquí y prepara el ordenador y todo lo que necesitamos para las imágenes del programa.

Me llamó la atención que dijera «programa» y no «conferencia». De Facto se apresuró a informarme:

—Es una conferencia que se retransmite por televisión y por las redes, es decir, un programa.

El Doctor Mortimer volvió a ocupar el centro de la plataforma y extendió los brazos. La luz de la luna le daba de lleno, como un cuarto foco, haciendo que el maquillaje de su rostro y la borla del ojal adquirieran una blancura sombría. Reanudó la conferencia en tono grave. De repente, no parecía un tenor, una mezcla de tenor y soprano, sino un bajo:

—Amigos, vosotros sabéis bien que la Muerte acaba ganando todas las batallas. No hay más que ver las tumbas de este cementerio. Sin embargo, pierde la del relato. No logra una buena reputación. Es lamentable, pero así son las cosas, hay que aceptarlo. Todos los hablantes de este mundo, tanto los que dicen *Moarte* como los que dicen *Kuodema* o *Kematian*, todos, sin excepción, aman la Vida. Ello se debe a un malentendido, y a que la gente olvida lo que ha sido escrito mil veces, que el árbol se conoce por su fruto. El manzano, por sus manzanas; el ciruelo, por sus ciruelas; el cerezo, por sus cerezas. Y el árbol de la muerte ¿qué frutos da? Una infinidad, pero os recordaré uno. O, mejor aún, vamos a interactuar un poco. Repasad mentalmente lo que vengo diciendo desde este panteón, o lo que vosotros mismos sabéis por experiencia, y citad uno de los frutos de la Muerte. A ver, ¿quién se anima?

No se notó ningún cambio entre los que estaban dentro de las tumbas, aunque sin duda habrían tenido mucho que decir, más que nadie; sí, por el contrario, entre los que se encontraban fuera. Estaban todos mirándose, vigilándose, igual que en un examen en el que aparece un tema que nadie ha estudiado bien. ¿Sabía alguien la respuesta? Tras un rato de silencio, la fan, la mujer que se apoyaba en la tumba con forma de pirámide, debajo del tercer foco, alzó la mano:

—¿Lo que ha dicho antes, no? Lo de la reacción que tuvieron Mario y Yaiza cuando perdieron al perro. Lo del subidón de amor.

Parko aplaudió, y lo mismo hizo, por imitación, el sector más impresionable del público.

—Muy bien dicho, amiga —aprobó el Doctor Mortimer abriendo la bocaza y exhibiendo su sonrisa total—. No hay duda: el árbol de la Muerte crea amor, o cuando menos abre una vía para que se manifieste. Dicho de otra manera, ese sentimiento, el amor, se queda casi siempre atrapado en el fango, como aquel perro, Bat, y solo la Muerte es capaz de sacarlo a la superficie. Fijémonos en los funerales: el amor circula en ellos como una melodía. La gente llora, suspira...

—¡Por favor! ¡Que hable Teresa! —le interrumpió De Facto gritando. Sentí que su aliento me rozaba la nuca y uno de los lados de la cara, concretamente el izquierdo. Olía a pescado.

La fan de la tumba con forma de pirámide apoyó con energía la propuesta de De Facto:

—¡Sí! ¡Que hable Teresa! ¡Ella es el vivo ejemplo de la teoría que defiende el Doctor Mortimer!

Volvió el rostro hacia el fondo del cementerio, como buscando a alguien, supuestamente a la tal Teresa. Pero la luz de los focos apenas llegaba a aquella zona, y la de la luna solo de forma difusa. Las figuras de los que seguían la conferencia desde allí no se distinguían.

—Necesitamos una cámara en ese punto. Con un foco bastará —dijo Parko hablándole a un micrófono inalámbrico. Esta vez, su tono fue seco, profesional.

—Ahora se ha visto claro que Parko es el director técnico del programa. Es algo más que un tipo que hace el payaso —me informó De Facto. Parecía orgulloso de la labor del hombrecillo.

Había una imagen en la pantalla del panteón, la de una figura menuda de rostro sonriente, metida —escondida, casi— en un vestido de flores que le venía muy grande y con el pelo recogido en una trenza. Tenía, en general, un aire juvenil, pero la trenza era de color blanco; el vestido, antiguo; el rostro, como de papel arrugado. Se trataba de una anciana, no de una muchacha. Me pregunté cuántos años tendría.

—Más de noventa —dijo De Facto detrás de mí. No se perdía un pensamiento mío.

Sobre la plataforma, el Doctor Mortimer estaba quieto, con la cabeza baja, como mirando sus zapatos rojos brillantes. Después de unos diez o quince segundos de concentración, sus palabras salieron al aire:

—Teresa, tenemos con nosotros a Teresa... —susurró, más que habló—. ¿También hoy has traído flores, Teresa?

La voz volvía a ser melodiosa, mitad de tenor, mitad de soprano.

La sonrisa de la anciana de la pantalla se acentuó. Asintió varias veces con la cabeza. Un instante después, la cámara se desentendió de ella y enfocó una tumba rústica. Sobre ella había un ramillete de margaritas silvestres y en la lápida, casi totalmente cubierta de verdín, solo quedaba legible un nombre grabado en mayúsculas: «PAULO».

—Si me lo permites, voy a contar un poco de tu historia, Teresa —anunció el Doctor Mortimer.

El rostro de la anciana reapareció en la pantalla. Achinaba los ojos. La luz de la luna color platino no le molestaba. Sí, en cambio, la del foco que ahora tenía sobre ella.

En la pantalla, otro cambio. El rostro del Doctor Mortimer había sustituido al de la anciana. Su boca era de verdad grande. Parecía la de un pez. La abrió y se dirigió al público. A los dos públicos, en realidad: al que había venido de Obaba-Ugarte y estaba presente en el cementerio y al que, supuestamente, seguía la retransmisión de la conferencia por televisión o en las redes.

—Hace muchos años, Teresa se enamoró de Paulo —dijo—. Pero resultó que la vida trataba mal a aquel muchacho. Nada de qué extrañarse, les pasa a muchos, ya lo sabéis. En el caso de Paulo, se veía obligado a trabajar y a dirigir un aserradero. Además, para más inri, debía vigilar a su hermano Daniel, un tonto que no podía zafarse de los requerimientos de la vida, de esa vida ciega que, egoístamente, trata a toda costa de seguir siendo vida y no repara en los sufrimientos que causa. Pues bien, aquel muchacho encontró al fin la solución a sus problemas. Cogió a su hermano y se fue a las vías del tren. Allí le esperaba la muerte, ansiosa por liberarle de la vida cruel y de la carga de su hermano, que era muy grande.

—Muy grande, sí —apuntó Parko. Luego, al ver que nadie se reía, añadió—: Pesaba ciento treinta kilos.

El Doctor Mortimer iba a continuar, pero se le adelantó la anciana:

—Me enamoré de Paulo porque estaba muy bueno —dijo. La cámara recuperó su imagen—. No había nadie que estuviera tan bueno como él. Ni en el pueblo ni en los alrededores había nadie con sus piernas y sus ojos. Incluso hoy, me fijo en los jóvenes de Obaba-Ugarte y no encuentro a otro como Paulo.

Algunos de entre el público aplaudieron. Otros soltaron risitas. Entre las risitas y los aplausos, una decena de silbidos. Provenían de un grupo de personas que, despreciando las tumbas y otros asientos confortables, se habían subido a lo alto del muro del cementerio y permanecían allí, muchos de ellos de pie.

La anciana volvió a intervenir:

—Me moría de ganas de que Paulo me metiera mano. Pero resulta que el que de verdad me metía mano era su hermano Daniel.

Hizo un mohín de disgusto. Vista en la pantalla, parecía una muchacha traviesa.

Los asistentes a la conferencia volvieron a reírse, algunos de ellos a carcajadas. Como contraste, los silbidos se hicieron más fuertes y subieron en dirección a la luna color platino cortando el aire. La gente que se había encaramado al muro parecía organizada. Protestaba desde diferentes puntos.

—Pido un poco de respeto para nuestra primera invitada de hoy. Tratemos bien a Teresa, por favor —rogó el Doctor Mortimer torciendo su boca de pez. Luego se volvió hacia la mesa de sonido—. ¿Podemos ver de nuevo las flores de la tumba, Parko?

El ramillete de margaritas reapareció en la pantalla. El plano era ahora cenital. Al parecer, los organizadores de la conferencia disponían de un dron con cámara.

—Más arriba, Parko —indicó el Doctor Mortimer.

A medida que el dron ganaba altura, se hizo visible el lugar donde yacía Paulo. Se trataba de un pequeño recinto rectangular situado fuera de las paredes del cementerio. A la luz de la luna color platino, y también, probablemente, a la de algún foco, parecía un lugar descuidado, lleno de maleza y zarzas, con quince o veinte tumbas puestas en paralelo, en tres filas. Pegada a la de Paulo había otra lápida en la que solo se adivinaban unas cuantas letras, no el nombre completo. Pensé que sería la de Daniel.

—Efectivamente. Es la de Daniel —escuché detrás de mí—. Tumba número nueve del cementerio extra.

«¿Cementerio extra?», pensé.

—Suicidas —me informó De Facto. Volví a sentir el olor a pescado de su aliento.

El Doctor Mortimer hizo un gesto a Parko, gesto que el hombrecillo repitió a alguien que estaba en la parte posterior del panteón. Apareció entonces un hombre de buzo negro con una silla de madera. La dejó en el centro de la plataforma y se marchó por donde había venido.

—La muerte se llevó a los dos hermanos —dijo el Doctor Mortimer después de sentarse en aquella silla, que resultó ser una mecedora.

Antes de seguir, cruzó las piernas. A la luz de los focos, el zapato rojo de su pie derecho refulgió con la misma intensidad que si hubiese sido de cristal. Era difícil apartar la vista de aquel zapato.

—La muerte se llevó a los dos hermanos —repitió el Doctor Mortimer.

—Se los llevó en tren —le interrumpió Parko desde su puesto en la mesa de sonido. Las risitas chisporrotearon aquí y allá.

—La muerte se llevó a los dos hermanos —repitió el Doctor Mortimer—. Como he dicho antes, la vida había creado en torno a uno de ellos, Paulo...

—En torno al gordo no. En torno al otro —puntualizó Parko con displicencia, sin dejar de manipular el ordenador que tenía delante. Mientras lo hacía, pasaban vertiginosamente por la pantalla del panteón imágenes de pájaros, serpientes y otros animales.

—Parko, por favor, déjame acabar las frases —le reprendió el Doctor Mortimer, y el zapato rojo de su pie derecho se movió nervioso. Unos instantes después, recuperó el tono dulce, lunar, color platino, y continuó con la explicación—: La vida creó en torno a Paulo y Teresa un amor que, como no podía ser de otra manera, resultó penoso, una cosa mediocre, con odios y envidias, con mucho trapo sucio; pero llegó la muerte y se produjo el milagro. Hubo una resurrección. No una resurrección como la que predican ciertos libros que promueven una vuelta a la vida cruel, porque, al cabo, ¿quién querría rechazar el descanso eterno y resucitar?

El zapato rojo desapareció de la vista de los presentes. El Doctor Mortimer se había levantado de la mecedora y volvía a estar de pie en la parte delantera de la plataforma. Se dirigió al público, a los dos públicos, en tono de confianza:

—Repito la pregunta: ¿quién, en su sano juicio, desearía abandonar la dulzura narcótica de la muerte y volver al mundo *cane*? Decidme, ¿lo querría alguno de vosotros?

El Doctor Mortimer giró la cabeza lentamente, primero noventa grados a la derecha, luego noventa grados a la izquierda, como quien busca una señal, un amago de respuesta, una lucecita. Me habría gustado que las tumbas se abrieran y que una legión de enterrados se pusiera de pie gritando «¡yo!, ¡yo!, ¡yo!...», pero era pedir demasiado. Deseé entonces un premio de consolación, escuchar el canto del ruiseñor. Pero no. Por decirlo así, el Doctor Mortimer era el dueño del sonido ambiente.

—Lo que hubo en el caso de Teresa fue una resurrección del amor gracias a la muerte —continuó—. Lo subrayo: una resurrección del amor. Así es. El amor de Teresa estuvo perdido, olvidado en su corazón, durante más de sesenta años. Pero pasó un día por el rincón de los suicidas de Obaba-Ugarte, miró a la tumba de Paulo, lloró, lloró mucho por lo que pudo haber sido y no fue, y decidió que no pasaría una semana sin que ella depositara en la tumba, la rústica tumba, un ramillete de flores, de florecillas, florecillas humildes. ¡Diez años se han cumplido de aquella decisión! ¡Ya son años!

—¡Es que a Teresa le sobran! Tiene años como para dar y tomar —gritó Parko alejándose de la mesa de sonido y sentándose en la mecedora, que seguía en el centro de la plataforma—. Perdona, Teresa, era un broma —añadió empezando a mecerse. Sus zapatos rojos también brillaban mucho. No armonizaban con el zarrapastroso sombrero de la borla blanca.

El Doctor Mortimer señalaba con el brazo en alto la zona del cementerio desde la que la anciana seguía la conferencia. Imprimió a sus palabras un tono de despedida:

—Gracias, Teresa. Florecillas humildes, las tuyas, que sin embargo representan algo grande, el triunfo de un sentimiento al que, por decirlo así, solo la muerte sabe sacarle punta. ¡Un aplauso para ti!

Hubo, efectivamente, un aplauso, pero no fue general. No aplaudieron los que estaban subidos al muro. Tampoco yo. Menos aún los que, por imposibilidad manifiesta, llevaban semanas, meses o años sin aplaudir.

El rostro de la anciana volvió a aparecer en la pantalla. Reía y lloraba a la vez. Parko saltó de la plataforma y caminó hasta ella con la borla blanca de su sombrero en la mano. El dron mostraba la escena desde muy cerca, y caí en la cuenta de que la borla no era tal borla, sino una flor, un clavel blanco de tallo largo. La anciana la cogió con cuidado, como si de algo frágil se tratara, más una mariposa que una flor, y agradeció el regalo con una inclinación de cabeza. Pero no habían pasado siquiera tres segundos cuando Parko se la quitó de las manos, riñéndola por haber pretendido, supuestamente, robársela. Muchos de los que se arremolinaban entre las tumbas tenían la cara vuelta hacia el fondo del cementerio, tratando de ver el número de Parko en directo; otros, los más cercanos a la plataforma, mirábamos hacia la pantalla donde se alternaban las imágenes del propio Parko y de la anciana, que reía y lloraba a la vez.

Se abrió en el rostro blanco del Doctor Mortimer aquella enorme sonrisa suya de pez.

—Gracias, Teresa —repitió. Luego dirigió su mirada hacia la luna color platino, y fue como si le hablara a ella—: ¡Diez años poniendo flores cada semana en la tumba de su amado! ¡Es increíble!

La luna color platino permaneció quieta. No así la mujer apoyada en la tumba con forma de pirámide.

—¡Es increíble, desde luego! —exclamó con aspavientos de fan.

De Facto gritó:

—¡Más casos, maestro! ¡Que no decaiga esta conferencia!

La mujer de la tumba con forma de pirámide y De Facto parecían formar parte de un público profesional. Entre todos los asistentes, solo ellos se mostraban voluntariosos. Los demás, la mayoría de ellos, se mantenían expectantes, en silencio, tan quietos como las angelicales figuras de piedra que acompañaban siempre y en todo momento a los enterrados y a las enterradas. Por mi parte, quería salir de allí. Volver a casa. ¿Estaba soñando? ¿Drogado? ¿Borracho? ¿Había sufrido un ictus? Me daba miedo pensar sobre aquella cuestión a fondo.

—Mira a la pantalla y olvídate de todo lo demás —me sugirió De Facto.

El olor a pescado de su aliento hizo que me revolviera e hiciera un nuevo intento de ver su cara. Tampoco esta vez me fue posible. Realizó un movimiento idéntico al mío y siguió a mi espalda.

El Doctor Mortimer estaba paralizado en la pantalla con la bocaza abierta, como si le hubiera dado un pasmo, es decir, un ictus. Pero no. El ordenador de Parko, que proyectaba su imagen, se había bloqueado justo en el momento en que él iba a continuar con la conferencia. Un instante después, la bocaza se ponía en movimiento:

—¡Vamos a buscar otra tumba, Parko! —dijo. Fue una orden.

Se produjo entonces un *coup de théâtre*. Desapareció de la pantalla el Doctor Mortimer y apareció en ella un pájaro, no una tumba. De entre el público surgió un murmullo. Un hombre vestido con chándal blanco se puso de pie y gritó:

—¡Quita eso de ahí!

El pájaro de la pantalla se erguía sobre un trozo de roca y, puesto de lado, parecía mirar al público. Era completamente negro y tenía todo el aspecto de ser un cuervo. Sin embargo, su ojo, el único que se le distinguía en la pantalla, no era negro, sino azul turquesa.

De Facto, que había oído mi pensamiento, soltó una risita.

—Capricho del taxidermista —dijo.

—¡Quita eso de ahí! —volvió a gritar el hombre del chándal blanco, que se dirigía dando zancadas hacia la plataforma. No fue el único en reaccionar ante la nueva imagen de la pantalla. Muchos de los que estaban subidos al muro silbaban y protestaban.

—¿Dónde están los seguratas, si puede saberse? —bufó De Facto, enfadado. Sentí el olor a pescado de su aliento con más intensidad que nunca.

Los seguratas estaban allí mismo, en la parte posterior del panteón. En cuanto el hombre del chándal blanco subió a la plataforma, tres de ellos lo inmovilizaron. No sin esfuerzo: el intruso era un forzudo de cuerpo atlético y a punto estuvo de zafarse. Parko, que había corrido hacia él con ánimo de agredirle, recibió una patada y rodó por el suelo.

El Doctor Mortimer movió los brazos arriba y abajo pidiendo calma. Luego hizo un gesto a los seguratas ordenándoles que se alejaran.

Miré al cuervo de la pantalla y tuve la impresión de que su ojo azul turquesa me pedía una opinión sobre lo que estaba sucediendo. Fue un instante, porque Parko, que había vuelto renqueante a la mesa de sonido, imprimió movimiento a la imagen.

«¡Andoni! ¡Andoni! ¡Andoni!...», chilló el cuervo abriendo y cerrando el pico varias veces. Su forma de cantar en nada se parecía a la del ruiseñor.

—Parko es un artista. Hace hablar a los pájaros disecados —comentó De Facto.

El Doctor Mortimer se dirigió en tono conciliador al hombre del chándal blanco:

—Escúchame, Endaya —dijo—. Si estamos viendo lo que estamos viendo es porque nos lo pidió Imanol. Nos envió la foto de Paquito y nos preguntó si lo podíamos sacar en el programa.

El silencio del cementerio, ahora, después del alboroto, era estrictamente sepulcral. Callaba el público; callaban los que habían estado silbando y protestando desde lo alto del muro; callaba Parko, que, siguiendo a los seguratas, había desaparecido de la plataforma. Callaba también, en la pantalla, el cuervo, aunque su ojo azul turquesa seguía mirándome, interrogándome, preguntándome si entendía algo de lo que estaba pasando: ¿sabía yo quién era el hombre del chándal blanco que se había subido a la plataforma y al que el Doctor Mortimer llamaba Endaya? ¿Sabía quiénes eran Imanol y Paquito? No, no lo sabía, y, por alguna razón, quizá por estar absorto en la escena, De Facto no seguía mis pensamientos y no me respondía.

El Doctor Mortimer siguió hablando al tal Endaya, invitándole con gestos a sentarse en la mecedora, que aún estaba en el centro de la plataforma. Pretensión inútil. El intruso empujó la mecedora y la volcó. Una buena parte del público aplaudió y el grupo que estaba subido al muro silbó con ganas. No como protesta, sino en señal de aprobación, como en los conciertos de música eléctrica del siglo XX.

Oía conversaciones a mi alrededor, pero no conseguía distinguir las palabras. El zumbido que recorría el cementerio me lo impedía. Era como si en las alturas, en lugar de nubes, en lugar de la luna color platino, hubiese cables de alta tensión a punto de explotar. Las preguntas que me había lanzado el ojo color turquesa del cuervo giraban en mi cabeza como en un molinillo: ¿quién era aquel hombre del chándal blanco, Endaya? ¿Quiénes eran Imanol y Paquito?

—Tranquilo. Yo te lo explicaré —dijo De Facto a mis espaldas, y por una vez me alegré de oírle—. Pues mira —continuó con voz de profesor y su aliento con olor a pescado—, el cuervo era de un muchacho de Ugarte-Obaba que se llamaba Andoni. Luego la vida le atacó fuerte y tuvieron que llevarlo a Houston. Allí, por decirlo rápido, Death le ayudó a descansar. *De facto*, ahora está enterrado aquí, en este cementerio. ¿Me sigues?

—Sí —dije.

Observé que Parko, que había vuelto a su mesa de sonido en compañía de los tres seguratas, manipulaba el ordenador. La imagen de la pantalla fue de pronto otra: una tumba cubierta de suaves flores blancas, lirios quizás, o gladiolos. Entre las flores, como un centro de adorno, una pelota de baloncesto metida en una caja transparente. Supuse que allí yacía el muchacho que había muerto en Houston, Andoni, y sentí muchas ganas de llorar.

—¡Pues bien! —exclamó De Facto con brusquedad, como si quisiera cortar el flujo sentimental que inevitablemente iba a llevarme a las lágrimas.

Antes de continuar hablando esperó a que Parko tecleara de nuevo en el ordenador. La tumba de las flores blancas y la pelota de baloncesto desaparecieron de la pantalla en beneficio del pájaro del ojo color azul turquesa.

—¡Pues bien! —repitió De Facto—. Resultó que Andoni, antes de marcharse para siempre de Houston y de la cruel vida que llevaba de hospital en hospital, dejó el cuervo que había amaestrado en casa de ese hombre de chándal blanco al que todos los de Obaba-Ugarte llaman Endaya. No para él, sino para que se lo cuidara su hijo Imanol. Para Imanol, el cuervo se convirtió en el símbolo de su amigo y, mientras pudo, lo cuidó con mimo. Además...

—¿Y Paquito? ¿Quién es Paquito? —le interrumpí.

Literalmente, me sopló en la oreja:

—¡El cuervo! ¿Quién va a ser? Andoni lo bautizó con ese nombre. *De facto*, el bicho aprendió a decir su propio nombre, *Pa-qui-to, Pa-qui-to, Pa-qui-to...,* y no solo eso. También aprendió a decir *An-do-ni, An-do-ni, An-do-ni,* porque así lo quisieron los chicos de la escuela después de que se llevaran al enfermo a Houston. Se pasaban las horas repitiéndole *An-do-ni, An-do-ni, An-do-ni* al cuervo. *De facto,* de ahí ha venido el problema, porque la mujer de Endaya, es decir, la madre de Imanol...

Esta vez no le interrumpí yo. Se interrumpió él.

—¡Esa mujer grande que viene por ahí! —exclamó.

Era cierto, se acercaba una mujer. Caminaba hacia la plataforma abriéndose paso entre el público con firmeza, la cabeza alta, sin empujones. Los asistentes, incluso aquellos que estaban cómodamente tumbados en las calles del cementerio, se apartaban para dejar que siguiera. Se acercó más y pude verla mejor: era muy grande, una gigantona de expresión adusta, pelo corto, brazos que casi no cabían en las mangas y que parecían capaces de levantar grandes pesos.

De Facto me habló con voz queda, como temiendo que la gigantona le pudiera oír:

—Ella no podía soportar que Paquito estuviera en su casa con la cantinela *An-do-ni, An-do-ni, An-do-ni,* y acabó dándole matarratas. Los años no han suavizado su carácter. Cuando Morty y Parky le pidieron que Imanol colaborara en la conferencia leyendo el poema que escribió a la muerte de Andoni, se negó en redondo y amenazó con llevarlos a los tribunales. Pero ya no tiene ningún derecho. Imanol es ahora mayor de edad, y quiere ser poeta. Sabe que nuestro programa, *Verdades de medianoche*, tiene millones de seguidores y está entusiasmado con su participación.

Se había referido al Doctor Mortimer y a Parko llamándolos «Morty» y «Parky». Además había dicho «nuestro programa». Tuve la sospecha de que todos ellos formaban parte de una *troupe*.

De Facto terminó de explicar:

—La pena es que Imanol estudia en una universidad que está a muchos kilómetros y no puede estar en persona —dijo—. Pero envió un vídeo. Es el que Morty y Parky quieren poner a continuación.

La plataforma se veía ahora llena de gente. Estaban, en una esquina, en torno a la mesa de sonido, Parko y los seguratas, que ya eran cuatro; estaba, al fondo, junto a la mecedora caída, el Doctor Mortimer; enfrente de él, Endaya con su chándal blanco; al lado de este, su mujer, la gigantona, que en aquel momento, cruzada de brazos, miraba de reojo a Parko. Había además, en una esquina, cerca del público, otra persona: la fan del Doctor Mortimer, la mujer que escuchaba desde la tumba con forma de pirámide. Fue ella la que levantó la voz por encima del murmullo que, según me di cuenta de golpe, seguía siendo el sonido dominante en el cementerio:

—A mí me parece que la conferencia debe seguir —dijo—. No solo por la libertad de expresión y esas cosas, sino porque lo de Imanol es una prueba más del mensaje que el Doctor Mortimer quiere transmitirnos con estas conferencias, eso de que la muerte es una madre y de que, por ejemplo, produce un subidón de amor.

Noté que De Facto se agitaba detrás de mí.

—Me gustaría hacer una aportación —dijo en voz aún más alta que la fan, como si tratara de hacerse oír por todos los del cementerio, los de encima y los de debajo.

—Se lo ruego —dijo el Doctor Mortimer volviéndose hacia donde yo estaba. Endaya y la fan también se volvieron. La mujer de Endaya no. Ella no le quitaba ojo a Parko.

—Yo creo que lo que usted defiende, maestro, lo de que, efectivamente, la muerte trae al mundo lo bueno y lo mejor, se cumple bien en el caso de Imanol. No solo disecó a Paquito para tener siempre presente a su amigo Andoni, sino que la muerte de este le llevó a escribir poesía. Y es que... ¡también la poesía se debe a *Moarte*, *Kematian* y todas las demás madres! ¡Acordémonos de Gilgamesh! Acordémonos de la tumba de Euterpe levantada por Seikilos, o de las coplas de Jorge Manrique. ¡Acordémonos!

Quizá De Facto esperaba un aplauso tras el docto final con el que había coronado su intervención, pero no se produjo. En realidad, no hubo oportunidad, porque la atención del público presente se desvió hacia la pantalla. Allí estaba, tras un tecleo de Parko, Imanol. Era un joven de espaldas cuadradas que llevaba la camiseta color púrpura de los Ravens de Baltimore. En sus manos, en lugar de un balón de fútbol americano, tenía un librillo.

—¡Amigos! ¡Vamos a escuchar el poema que Imanol dedicó a Andoni! —exclamó el Doctor Mortimer abandonando la zona de la mecedora caída y dirigiéndose a los tres públicos, a los dos del cementerio y al del otro lado de la pantalla—. ¡Adelante con el vídeo!

Hubo un conato de reacción entre el público que seguía la conferencia desde las tumbas, aplausos, y también, entre los que estaban subidos al muro, silbidos. Pero Parko usaba rápido las teclas y nadie pudo sustraerse a lo que sucedía en la pantalla. Enseguida, el silencio fue general. Imanol anunció su poema repitiendo lo que ya había dicho De Facto: había querido situarse en la tradición de Gilgamesh, Seikilos, Manrique y compañía.

—Incluyendo, como pronto se darán cuenta, a Edgar Allan Poe —añadió con una sonrisa.

Se puso a recitar:

—Yo le pregunto a Paquito «cuándo te volveré a ver», y él me responde *«never more, never more...»*.

Sucedió entonces en la plataforma algo que cuadraba con el aspecto de Imanol, una melé digna de un partido entre los Ravens de Baltimore y los Cardinals de Arizona. Su madre, la gigantona, empujó al Doctor Mortimer y lo lanzó contra la fachada del panteón, es decir, contra la pantalla, y se abalanzó luego sobre Parko. El ordenador recibió un manotazo y se fue al suelo, donde Endaya le propinó un patadón que lo lanzó a los morros de Parko. Los seguratas, que seguían siendo cuatro, empezaron a golpear con sus porras a todo lo que se movía, pero solo lograron impactar en la cabeza de la fan, que, paradoja de las paradojas, se había acercado a ayudarlos. En la pantalla..., en la pantalla no estaba Imanol, en realidad ya no había pantalla, la fachada del panteón era una mera pared, y la gente que hasta entonces había estado tranquilamente sentada en las tumbas o de pie en los muros corría hacia la plataforma. Aparecieron entonces más seguratas. Uno de ellos llevaba un fusil que apuntaba al blanco más fácil, a la gigantona. Al ver aquello, Endaya sacó una escopeta de caza del interior de su chándal y disparó. El tiro sonó como si hubiese explotado una bomba.

Tras el tiro que había sonado como una bomba desapareció todo lo de alrededor: el panteón, la plataforma, el Doctor Mortimer con su boca de pez, Parko con su pinta de muñeco, los seguratas, Endaya, la gigantona, la fan, el público presente, la luna color platino y, al final, la propia oscuridad, que pasó del negro al gris y del gris a un tono azulado.

De Facto fue la excepción. No desapareció, sino que siguió pegado a mi espalda. Yo marchaba por la llanura desierta y él me acompañaba hablándome con euforia:

—¡Qué grandes son Morty y Parky! ¡Grandes de verdad! Creo que están a punto de saltar a la política, y harán muy bien. Forman un tándem extraordinario y obtendrán millones de votos. ¡Seguro!

No le respondí y seguí caminando en silencio. Cien pasos más adelante, o doscientos, o trescientos, De Facto comenzó a hacerme comentarios sobre la conferencia en el tono grave de los intelectuales del pasado que, en París y en otros sitios, fumaban en pipa:

—Dejando a un lado la política, la tesis de Morty me parece más que aceptable. *De facto*, estoy de acuerdo con él. La muerte es lo más grande. Si, haciendo una composición de lugar, nos imagináramos la historia del mundo como una pirámide invertida, el vértice de la base sería la muerte. «Dadme un punto de apoyo y moveré el mundo», dijo un antiguo. Sin duda se refería a ella, a *Moarte*, a *Kematian* o a cualquiera de las otras madres. Y entre las cosas que mueve la muerte, la más importante es el amor, también en eso estoy de acuerdo con Morty. ¿Tienes costumbre de leer las esquelas de los periódicos? Recuerda las frases que suelen utilizarse en ellas: «te llevaremos en el corazón»; «no te olvidaremos jamás»; «es duro pensar que no volveremos a verte»; «adiós, querido y adorado amigo»... ¡Una explosión de amor, verdaderamente!

Miré hacia la llanura desierta, tratando de descubrir la silueta de un camión o de un tren, pero no vi nada, solo el cielo azulado y una hendidura en el horizonte en la que se adivinaba una manchita amarillenta, como si un residuo de luna se hubiese quedado allí. Me pregunté por el rumbo que llevábamos, con la esperanza de que De Facto oyera mi pensamiento y me contestara. Pero él prefirió seguir con su discurso:

—Por otra parte, la muerte no solo trae amor, trae también el elogio —dijo—. Como bien sabes, la mayor parte de la gente jamás recibe un elogio, porque la vida es así, una cosa carente de dulzura. Sin embargo, llega ella y he ahí que, como empujado por un resorte, salta el elogio. Basta leer las necrológicas que se escriben en los periódicos para comprobarlo. ¿Te acuerdas de un programa de televisión que se llamaba *Reina por un día*? En su época fue tan popular como *Verdades de medianoche* de Morty y Parky. Pues está claro, el día del elogio coincide con el último día. La muerte ofrece lo que niega la vida.

Seguimos adelante en la llanura solitaria, cien metros, doscientos, trescientos, y pensé que la noche tocaba definitivamente a su fin, o que, como habría dicho De Facto, también a ella le estaba llegando el momento del elogio. La capa gris azulada se volvía rala por momentos, como si su trama se estuviese deshaciendo, y se percibía aquí y allá, en el aire, una serie de líneas, quizás el contorno de una montaña, o de una nube. Por otro lado, la manchita del horizonte era ahora más gruesa y tenía el color amarillo del aceite. No había viento, no se oía nada. Mis zapatos pisaban el suelo con levedad. Aquella quietud me hizo pensar en el ruiseñor. Pero no cabía la esperanza. El ruiseñor es un pájaro que sobre todo canta de noche.

—¿Nunca has pensado en ello? —me dijo de pronto De Facto, dejando a un lado su tono de intelectual con pipa y adoptando el de un amigo íntimo.

Yo no abrí la boca.

—Me refiero al asunto de los elogios —añadió él—. ¿No te gustaría contar con un elogio consistente, de esos que ni la gente-sapo podría manchar con sus escupitajos? Yo creo que en este momento de tu vida una buena necrológica te vendría de perlas. Se habla por ahí de que ya estás amortizado. Deberías hacer lo posible para acabar con esos rumores.

Hablaba como quien no ha leído a Shakespeare. Las necrológicas no solucionan nada. Incluso pueden ser peligrosas, porque la gente-sapo, viendo el campo libre, se siente impune y aprovecha para tomar venganza y lanzar calumnias. En cuanto al público, necesitado siempre de estimulantes, recibe los lapos y las babas contra el ajeno como si fueran ambrosía.

De Facto siguió con su discurso:

—Te lo explicaré de otra manera, para que lo entiendas. Te has vuelto molesto. Molestas a todas las Susanas: a Susana Uno, a Susana Dos y a Susana Tres. Tienes que enfrentarte a ello.

Seguía siendo un planteamiento poco riguroso. Yo no tenía relación con ninguna Susana.

Sentí un movimiento brusco en mi espalda.

—¡Perdón! —exclamó De Facto—. No quería decir «Susana». Quería decir «patria», que sobras en todas las patrias: en la Patria Uno, en la Patria Dos y en la Patria Tres. No sé si lo sabes, pero en las minas de antes solían tener un pájaro que avisaba de la concentración de grisú. Si lo veían patas arriba en la jaula, los mineros salían corriendo. Pues mira el pájaro de tu mina. ¿Acaso está cantando? Admite la verdad, por favor.

Aquello lo entendía mejor, pero no del todo. Volvía a sentirme como el niño sin madre de la canción, *like a motherless child, a long way from home, a long way from home.*

Estaba perdido en la llanura desierta. Distinguía ya, entre la tierra y el cielo, las figuras enteras de las montañas y de las nubes, masas negras sobre un fondo cada vez más azul; distinguía, también, unos cuantos árboles. Pero no sabía en qué dirección seguir y, a falta de un objetivo, dirigí mis pasos hacia la hendidura luminosa del horizonte. Ya no era amarillenta, sino roja. Parecía el casquete de una pelota de ping-pong.

—Admítelo, amigo. No tienes sitio en ninguna patria, ni en la Uno, ni en la Dos, ni en la Tres. Ni siquiera en la Cuatro, *de facto*. De modo que voy a hacer una propuesta. Una buena piscifactoría, y a otra cosa.

De nuevo, un movimiento brusco a mi espalda.

—¡Perdón! ¡No quería decir «piscifactoría»! ¡Quería decir «necrológica»! Una buena necrológica, y a otra cosa.

Sacudí el cuerpo al modo de los perros cuando quieren sacudirse el agua del pelo, por ver si conseguía soltar a De Facto. Sentí al instante un alivio, como si los músculos de la espalda se hubiesen relajado, y me quedé muy quieto, mirando mis zapatos, preguntándome si lo habría logrado. Me llevé una sorpresa: los zapatos eran rojos. No recordaba que fueran míos.

—A mí no me engañas, conozco tus pensamientos —dijo De Facto. Seguía detrás de mí—. No te sientes cómodo en este mundo. Y es normal, muy normal. Te repetiré lo que escribió un poeta: «Cuando, a partir de cierta edad, el tiempo pasado empieza a levantar la voz y a proclamar su verdad (*la vérité nue*) como una piscifactoría que grita en la noche, solo cabe rendirse, aceptar la aniquilación de toda alegría».

Sentí que De Facto jadeaba. Le faltaba el aire.

—¡Perdón! —volvió a exclamar—. Quería decir «como un mochuelo que grita en la noche», no «como una piscifactoría que grita en la noche». Me he equivocado.

La hendidura del horizonte, el casquete rojo de una pelota de ping-pong, se había transformado en llama. Se trataba sin duda del sol naciente. No parecía que fuera capaz de iluminar toda la llanura desierta, pero sí, lo era: se distinguían bien la tierra, las rocas, las nubes, los montes y el cielo. La tierra era marrón; las rocas, grises; los árboles, que formaban grupitos, verdes; las nubes, que no eran verdaderas nubes sino fragmentos de niebla baja, rosas; los montes, masas que parecían hechas de humo; el cielo, del mismo color azul pálido que, según Bernadette Soubirous, tenía el ceñidor de la Virgen María.

—¡Qué bien vuelan los patos! —se admiró De Facto con voz arrastrada, como con sordina. Casi las mismas palabras que cuando nos encaminamos al cementerio en comitiva.

Miré a lo alto y vi unas sombras que volaban veloces por encima de los árboles. Allí iban los patos.

Caminamos cien metros, doscientos, trescientos, cuatrocientos, y nos topamos de frente con una laguna cuya agua parecía tener mucho barro. Lo entendí, de golpe. Conocía ya aquellos patos y aquella laguna, eran los mismos que había visto de camino al cementerio. Así pues, íbamos en dirección al pueblo. Miré en derredor para situarme mejor y reconocí enseguida el perfil del horizonte, el sube y baja de los diferentes montes. Después de la laguna, aparecería la carretera; seguidamente, un camino rojizo y, por fin, tras superar un alto, el río que atraviesa Obaba-Ugarte.

—¿Oyes eso? —me preguntó De Facto.

Le salió un gallo. Su voz era ahora muy delgada. El canto de un ruiseñor podría haber tapado sus palabras. Me pregunté sobre lo que quería transmitirme. ¿Qué era lo que debía oír?

—La piscifactoría te está llamando desde la otra orilla de la laguna. Supongo que te acuerdas —dijo.

»¡Perdón! —añadió raudo, soltando un nuevo gallo—. No quería decir «piscifactoría». Quería decir «Bat», que te está llamando Bat, el perro al que estaban dedicadas las doloridas palabras del escrito que vimos al venir.

Vi el escrito al que se refería De Facto. Seguía en el mismo sitio, pegado a un poste que se alzaba en la orilla de la laguna. Volví a conmoverme al leer las primeras líneas: «Adiós, Bat. Mario y yo sentimos no ser tan valientes como tú y no haber arriesgado más para salvar tu vida. Aquellos momentos de sufrimiento los llevaremos siempre sellados en el alma».

De Facto comenzó a susurrarme una canción:

—Ven, amigo, ven, ven a tu verdadera casa...

La melodía se asemejaba al quejido de un perro.

—Como debe ser —dijo él—. Es Bat quien canta a través de mí. Quiere que te reúnas con él en la otra orilla de la laguna. ¡Marcha a la otra orilla, amigo Piscifactoría, y paz en la tierra!...

Soltó un gemido.

—¡Perdón! Ya sé que no te llamas «Piscifactoría». Pero la luz me hace daño y cada vez estoy más débil. La cabeza no me trabaja bien.

Amanecía a todas luces y la llanura desierta iba cambiando de aspecto. Los árboles eran diferentes entre sí. Las flores eran de primavera, de veinte colores, o de cuarenta. También los patos, que seguían pasando sobre nosotros, tenían su color: el cuello de algunos era verde fosforescente, el de otros, marrón. Más animados que el ruiseñor, los pájaros mañaneros gorjeaban. De la hendidura del horizonte sobresalía ahora una moneda incandescente; tan intenso era su resplandor en las ramas, que no se podía mirar en su dirección. Naturalmente, se trataba del sol. Estaba en su mejor momento.

De Facto volvió a gemir. Era evidente que, al contrario que el sol, él no estaba en su mejor momento. La luz le hacía daño de verdad. Pensé que había llegado la hora de librarme de él. Yo no me encontraba débil.

Sacudí con fuerza la espalda y me volví rápido. De Facto no fue capaz de hacer lo propio y por fin lo vi, allí mismo, a dos pasos de mí. Era una figura hecha de aire negro, una sombra, un resto de noche que hubiese quedado sin deshacer. Las partes que debían corresponder a su cuerpo no eran sino borrones, y solo dos cosas resultaban discernibles: en la parte inferior, dos zapatos rojos; en la superior, un clavel blanco. Supe entonces que, definitivamente, De Facto era de la misma *troupe* que Morty y Parky, el Doctor Mortimer y Parko.

Me miré los pies. Los zapatos rojos seguían allí. No eran míos, de ninguna manera. Me descalcé y se los tiré a De Facto. Al instante, me sentí mejor, más fuerte y ligero, como un muchacho.

La figura de aire negro, la sombra, el resto de noche, De Facto, comenzó a moverse como si de pronto le hubiese entrado el baile de san Vito. Me pareció que gritaba, pero apenas podía oírle a causa de la vocecita que tenía en aquel momento. Pero sí, me estaba gritando, me amenazaba. ¿Qué decía? Presté atención:

—¡Piscifactoría!

Aquella era la palabra que más veces pronunciaba. «¡Perdón!», añadía a veces.

Estaba en las últimas, los borrones que correspondían a las diferentes partes de su excuerpo se estaban volviendo transparentes. Unos segundos después, solo quedaban visibles su clavel blanco y los cuatro zapatos rojos, los suyos y los que yo le había lanzado. No tardaron mucho en desaparecer, y me vi solo en el camino, frente a la laguna.

—¡Adiós, señor! —le dije.

La respuesta surgió del aire:

—¡Piscifactoría!

# Un crimen de película

# 1. Primera consulta al búho del Rancho San Rafael Regional Park, Reno, Nevada

—Búho solitario, búho que gracias a la suavidad de tus plumas te mueves sin hacer el menor ruido, tú, el más silencioso de los pájaros, con los ojos grandes y el oído finísimo, tú que desde los tiempos de la antigua Grecia has tenido una merecida fama de sabio, tú que siempre estás vigilante, dime, ¿qué viste en la noche de ayer, miércoles 28 de abril de 2010, en el Rancho San Rafael Regional Park de Reno, Nevada?

—Hablando sin mayor precisión, te diré que vi unos cien gansos, esos que con sus continuas deposiciones convierten la zona de la charca en un barrizal repugnante y que luego, cuando deambulan, ensucian la zona de recepción e incluso, a veces, el Pabellón Chino. Vi además unos cincuenta patos, de quienes podríamos decir lo mismo que de los gansos. Perros no vi, pues sus dueños ya se los habían llevado a casa tras hacer, también ellos, sus deposiciones. Había ardillas, sapos, pajarillos, arañas y mapaches, y una familia de coyotes que rondaba tontamente el corral de los pavos reales, porque de tontos es intentar entrar en un recinto que está completamente alambrado. Como es lógico, los ratones no faltaban. Había muchísimos. En ese sentido, este parque seminatural de Reno es maravilloso. Recuerdo que cuando vivía en Nuevo México casi no había, y estaba obligado a alimentarme de serpientes, lo cual era una incomodidad. Las serpientes saben más raro que los ratones, y son más difíciles de cazar. Por cierto, que también aquí hay serpientes, sobre todo en la parte alta del parque, al otro lado de la carretera de circunvalación Mc-Carran, ya en el monte; pero, en general, casi nunca me acerco hasta allí, solo cuando siento nostalgia de los sabores de Nuevo México.

—De acuerdo, búho, búho que vigilas noche y día, tú, el más sabio de los pájaros, tú que desde que vives en el Rancho San Rafael estás en plena forma, bien alimentado, bien aposentado en la torre del edificio de recepción, admirado por los visitantes que acuden al parque y aparcan allí, sobre todo por los niños y niñas de las escuelas, todo lo que dices es interesante, pero ¿qué más viste? Concretamente, ¿viste humanos?

—Ya te contestaré, pero déjame antes hacer una consideración.

—Adelante, búho, lo que tú quieras.

—Pues a los parques como este del Rancho San Rafael, que en parte son, por así decir, fabricados y que en parte no lo son, que son terreno virgen, mucha gente los denomina «semisalvajes», de la misma manera que a los peces que han sido pescados en el mar, y no en las piscifactorías, los llaman «salvajes». Son formas imprecisas de hablar, y además enfáticas. En lo que respecta al parque, yo prefiero denominarlo «seminatural».

—Tienes razón, búho.

—Tampoco «carretera de circunvalación» me convence. Se ajusta a la realidad, pero es una expresión torpe. Sería mejor decir «ronda», «ronda McCarran». El problema es que nadie ha dicho nunca «ronda McCarran». Aquí en Reno dicen «McCarran Boulevard», una denominación que, por cierto, tampoco es correcta, porque «bulevar» significa «avenida o calle ancha, generalmente con árboles y un andén central». Pero así de imperfecto es el lenguaje que se utiliza en este mundo.

—Sigues teniendo razón, búho. Y ahora, volviendo a la pregunta, ¿qué más viste ayer noche en el parque, aparte de gansos, patos y demás? ¿Viste humanos?

—¿A qué hora?

—Entre las 21:00 y las 24:00, pongamos.

—Te vi a ti.

—Ya.

—También vi al cabezota que iba contigo. Un tipo que, si lo puedo decir, me recordó a los sapos que viven en Nuevo México, que son grandes y con protuberancias en la cabeza. Están llenos de veneno y no son comestibles. En cambio, los llamados sapos de pala...

—Ya sé que el cabezota venía conmigo. Dime más cosas, por favor.

—Vi que os escondíais en el túnel que pasa por debajo de McCarran y conecta las dos zonas del parque, la humanizada y la agreste. Digo «humanizada» por generalizar y porque es verdad que los humanos diseñaron esa parte para hacer aparcamientos, caminos, charcas, corrales y todo lo demás. Pero a lo que iba: tú y tu amigo cabezota os metisteis en el túnel y os quedasteis allí bastante tiempo. No sé exactamente cuánto, porque en un momento dado, me olvidé de vosotros.

—Búho, búho que gracias a la suavidad de tus plumas te mueves sin hacer el menor ruido, tú, pájaro hermoso, dueño de la noche, inteligencia hecha ave, tú que viviste en Nuevo México pero ahora vives aquí, en Reno, Nevada, en el Rancho San Rafael Regional Park, observándolo todo, tú que, si te lo propusieras, podrías ser un colaborador extraordinario, trata de ampliar la información sobre la noche de ayer, 28 de abril. Haz un esfuerzo, por favor.

—Si lo que quieres es un informe más general, aquí van unos cuantos datos. Vi, con cierta claridad, porque había luna llena y la oscuridad no era impenetrable, un coche de la policía. Estaba aparcado con las luces apagadas en un camino de tierra paralelo al arcén de McCarran dirección Reno Norte, zona Universidad, en un punto desde el que se domina la pradera central del parque, desde el Pabellón Chino hasta el corral de los pavos reales, y, además, en especial, la ladera de la cruz gigante iluminada y la entrada del túnel en el que os habíais metido tú y el cabezota.

Al principio no estuve atento a la conversación de los dos policías del coche, pero al oír que hablaban de Nuevo México, movido por la curiosidad, o por la añoranza que siempre siento al oír el nombre de Nuevo México, volé hacia donde estaban y me posé en la barrera que evita que los animales del parque salgan a McCarran y mueran atropellados. Los animales que no pueden volar, quiero decir, aunque, en fin, también nosotros podemos recibir el golpe de un vehículo, aunque es más raro. Concreto: me posé justo en la barrera, pero no sobre la propia valla, sino sobre uno de los postes. En ese momento, ella, Mary, le estaba dando explicaciones a él, Frank:

»En Santa Fe vivía bien, porque tenía un puesto muy cómodo en el Departamento de Documentación, en una oficina moderna que quedaba a menos de dos millas de casa. Pero ya eran diez años, como fueron diez años en mi trabajo anterior, no de policía, sino de maestra en una escuela pública, de modo que me dije: ¿por qué no otro periodo de diez años haciendo algo diferente? A mí la documentación me encanta, porque además de todo te obliga a estar en contacto con jueces, abogados y periodistas, pero tiene de malo que nunca sales a la calle a patrullar. Y patrullar es bonito.

»Y, a veces, arriesgado. Sobre todo cuando se patrulla de noche. ¿Por qué pediste patrullar de noche?

»¿Y tú?

»¿Yo? Porque me gusta dormir de día.

»Los dos se rieron. Frank lo hizo sin convencimiento, con cierta reserva. Mary, de forma contundente.

»No sé qué lugar será más peligroso, si Nuevo México o Nevada, dijo Frank.

»El año pasado, la ratio de delincuencia en Nevada fue de 3,76, y hubo ciento cincuenta y seis asesinatos. La de Nuevo México fue mayor, 4,3. También hubo más asesinatos, ciento noventa y ocho. De modo que, en principio, este lugar parece menos peligroso. Disculpa, las documentalistas tendemos a ser pedantes. Los datos nos excitan.

»Frank se quedó un rato callado. Luego cambió de tono. Si un policía de servicio puede hablar con voz íntima, ese fue el caso.

»Lo de pedir el traslado de Nuevo México no sería por una decepción amorosa, ¿verdad? Lo pregunto por documentarme. Por nada más.

»Esta vez rieron los dos. Pero Mary no le siguió el juego a Frank. Ni en el tema ni en el tono.

»Ya que hemos mencionado la documentación, veamos qué hay de nuevo en Reno, dijo.

»Una luz azulada iluminó el interior del coche. Supuse que habían encendido el ordenador.

»Según el informe de los que nos han precedido en el turno, hoy no ha habido ninguna incidencia en este parque, informó Mary con voz de oficinista. Luego se animó un poco: ¡Vaya! Tenemos dos depredadores nuevos en la ciudad. El *Reno Gazette Journal* publicará mañana el anuncio.

»¿Delincuentes sexuales?

»Mary le respondió leyendo lo que, al parecer, mostraba la pantalla:

»Dos delincuentes sexuales convictos de alto riesgo se han registrado en Reno. Jerry Nelson y George Smith están considerados como de grado 3, y la probabilidad de que vuelvan a cometer el delito es muy grande, según la policía.

»Pues si lo dice la policía, será verdad, dijo Frank.

»Pareció que iba a reírse, pero no. Mary siguió leyendo:

»No tienen cuentas pendientes con la ley. Están en libertad vigilada y en paro, según informa el sargento John Dolano, jefe regional de las unidades especiales que actúan contra los delincuentes sexuales.

»¡Un buen tipo, John! Le conozco desde la época del servicio militar. Veinte años, dijo Frank.

»Nelson vive en el bloque 1200 de la avenida Mayers y Smith, en el bloque 5200 de Tonopah Valley Drive.

»Los dos sitios caen por Sparks. Pero si quisieran venir al Rancho San Rafael, saldrían a McCarran y en menos de media hora estarían aquí acechando a alguna niña.

»¡Parque abierto!

—¿Cómo? ¿Qué dices, búho?

—Me acaba de venir a la mente. «Parque semisalvaje» no está bien dicho. Tampoco el término que yo he utilizado antes, «seminatural», es pertinente. En cambio, «parque abierto» parece una expresión correcta. «Rancho San Rafael Regional Park, parque abierto». Sí, suena bien.

—Tienes razón, búho. Realmente, eres de la estirpe de los animales sabios. Cuando se te plantea un problema no cejas hasta resolverlo. Te prometo que, en adelante, diré «parque abierto», «Rancho San Rafael Regional Park, parque abierto».

—Por otro lado, tampoco he estado muy inspirado al afirmar que el coche patrulla estaba «en un camino de tierra paralelo al arcén de McCarran dirección Reno Norte». La descripción es bastante exacta, pero tiene que haber una palabra que designe esas explanadas de tierra que a veces se encuentran junto a las carreteras y a las que se accede por un paso estrecho e igualmente de tierra. Sin embargo, no la encuentro. En un momento determinado Frank lo llamó «camino». «Habrá que patrullar un poco, Mary. Sigamos por este camino», dijo. Quizá no esté mal. Cuando encendieron el motor del coche y abandonaron el punto donde estaban, se vio claro que iban, efectivamente, por un camino que acababa en el corral de los pavos reales, el que los niños y niñas de las escuelas visitan de día y los coyotes, de noche.

—Búho, de verdad, sería magnífico saber más de la actividad policial de Frank y Mary.

—Sí, fue interesante lo que pasó, porque podían haber seguido por aquel camino y no haber visto nada, pero resulta que encontraron algo. Quiero decir que se toparon con algo, no sé cuál es la mejor forma de expresarlo.

—Primero me lo cuentas y luego lo decidimos, búho.

—La verdad, ahora que lo pienso, no sé qué diferencia hay entre «encontraron algo» y «se toparon con algo». Supongo que depende del contexto.

—Así lo supongo yo también, búho.

—Entonces ya somos dos.

—Correcto, búho.

—Es raro que dos seres de distinta naturaleza coincidan en las suposiciones.

—Por seguir con las suposiciones, búho, supongo que también fue raro lo que se encontraron Frank y Mary al hacer su recorrido.

—Circulaban con las luces del coche apagadas, y al principio no vieron nada, ni siquiera cuando pasaron por delante del corral; pero, después de alejarse unos cincuenta metros, cuando ya iban bajando por la ladera de la cruz gigante iluminada, Frank, como si acabara de tener una inspiración, preguntó:

»¿Qué era eso que había en el alambrado?

»Estaba ahora mismo pensando en ello, Frank. A mí me ha parecido una sombra de algo, pero quizá no lo fuera. Demos marcha atrás.

»Volvieron a situarse cerca del corral, y Frank cogió la pistola y pidió a Mary que le esperara en el coche. Mary no accedió. Prefirió coger también ella la pistola y salir. Yo volé hacia un arbusto y, aunque, como tú dices, mi vuelo es muy suave, era tal el silencio que reinaba en el Rancho San Rafael que temí que se me oyera y que, en un mal entendimiento, Frank y Mary volvieran hacia mí sus pistolas y me enviaran a otro mundo, no precisamente al de Nuevo México.

—Sigue contando, búho.

—Lo que a Mary le había parecido una sombra era algo terrible. Mira, soy un búho viejo. He visto muchas cosas en mi vida. Así y todo, lo que había en el alambrado del corral me hizo parpadear. Frank enfocó la sombra con una linterna y exclamó:

»¡Es Oliver!

»¿Alguien importante?, dijo Mary en un tono que pudo ser de sorna, pero quizá no.

»El pavo real, Oliver, estaba literalmente crucificado entre dos postes del alambrado, pero cabeza abajo y con la enorme cola extendida. Si no te fijabas en la parte de abajo creías estar viendo una sobrecama, o un tapiz, ya que, al estar la luna llena y con gran potencia de luz, las plumas de la cola, sobre todo las verdes y las azules, lanzaban destellos. No sé si "destellos" es el término. Quizá debería decir que "desprendían irisaciones" o algo así.

—«Lanzaban destellos» está bien, búho.

—Pero también existe ese verbo, «rielar». Ya sé que significa «brillar con luz trémula o tenue». De lo que no estoy tan seguro es del uso. ¿Será correcto decir «las plumas de la cola de Oliver rielaban bajo la luz de la luna»? La verdad, no lo sé.

—¿Qué expresiones emplearon Frank y Mary, búho? ¿«Lanzar destellos»? ¿«Rielar»?

—Ninguna de las dos. En realidad, no se fijaron en las plumas, sino en la cabeza. Faltaba.

»Lo han degollado, dijo Mary.

»Un corte limpio, dijo Frank acercándose.

»Como si un verdugo de aquellos de la Edad Media le hubiese decapitado de un tajo, añadió Mary.

»Con un hacha.

»O con una espada.

»A mi modo de ver, consideraban aquellas posibilidades sin pensar realmente en ellas, solo para tener tiempo de reflexionar sobre la escena que acababan de descubrir. Al parecer, estaban estupefactos ante el pavo crucificado, "estupefactos" en el estricto sentido etimológico de la palabra, que deriva del verbo *stupere*, "quedar paralizado" o "quedar aturdido". Ambos habían visitado muchas veces los rincones del submundo, Mary desde el Departamento de Documentación de Santa Fe, Nuevo México, y Frank en sus veinte años como patrullero nocturno en Reno. Un cadáver tirado en un vertedero o un cuerpo estrangulado en la habitación de un motel, bien en directo o en fotografía, no les habría alterado el ritmo del corazón, o solo un poco; pero aquello los dejó tocados. Una reacción bastante normal, a mi parecer. Recordemos el apunte de Napoleón sobre la impresión que había recibido cuando, después de una batalla, un perro que estaba tendido junto a un soldado muerto salió hacia él y sus acompañantes dando alaridos: "Lamía la cara del soldado muerto, que indudablemente había sido su dueño, y un instante después se lanzaba contra nosotros buscando venganza y, al mismo tiempo, pidiendo ayuda". Y añade Napoleón: "Fuera por el humor que yo tenía en aquel instante, fuera por la luna que aquella noche estaba llena, fuera por alguna otra razón, la cuestión es que nunca en mi vida, en ninguna batalla, había recibido una impresión más fuerte. ¡Qué extraña cosa es el hombre! Había dirigido batallas que determinarían la suerte de mi ejército, ordenado movimientos que acarrearían la destrucción de una infinidad de vidas, y todo ello con los ojos secos. Ahora, ante los alaridos y el dolor de aquel perro, me sentía emocionado, y allí me quedé, como una estatua, contemplándolo, hasta que mis hombres me advirtieron de la conveniencia de seguir adelante".

—De modo, búho, que Frank y Mary se quedaron como Napoleón aquella noche de luna llena. Si te das cuenta, hay una semejanza entre las dos situaciones, porque la de ayer también fue una noche de luna llena. La diferencia, que ellos contemplaban un pavo real decapitado y crucificado, y Napoleón, un perro que lloraba a su amo. Dices que el general francés siguió adelante. ¿Qué hicieron Frank y Mary?

—No.

—¿Qué quieres decir, búho? ¿Que no siguieron?

—No se trata de eso. Es que me acabo de dar cuenta de que la interpretación que he sugerido es errónea.

—¿A qué te refieres, búho?

—A que, sencillamente, Frank y Mary se quedaron como estatuas porque tenían miedo de destruir pruebas. Aunque había luna llena y la noche era clara, las huellas de pasos, por ejemplo, resultaban invisibles. Si se movían por allí, podían pisarlas y desfigurarlas. Es decir, que no se quedaron como estatuas por la emoción napoleónica, vamos a llamarla así, "napoleónica", que sentían, sino por respetar el protocolo. Lo primero que aprende un policía en la escuela es a dejar la escena del crimen intacta. Para ellos, valga la aparente redundancia, borrar las huellas del crimen es un crimen. Sí, debió de ser por eso, porque recuerdo ahora que Frank enfundó su pistola y enfocó su linterna hacia el suelo repetidas veces, y luego hizo lo mismo con diferentes puntos del alambrado y con la caseta del corral. Por su parte, Mary encendió la barra de luces que los coches de policía llevan en el techo y empezó a mirar alrededor con la pistola en la mano y tomando más precauciones que Frank. A la luz de la barra, potentísima, el pavo real decapitado y crucificado cabeza abajo adquiría más presencia, como si de golpe hubiese aumentado de tamaño y fuera el centro del mundo. Frank, que acababa de apagar su linterna de mano, suspiró y dijo:

»Oliver era el favorito de los niños.

»Supongo que en las escuelas de Reno le harán algún homenaje, dijo Mary.

»Frank asintió:

»No muy lejos de aquí hay una escuela muy buena. Se llama Mater Dei, y es católica. Seguro que organizan algo.

»Si yo fuera la directora de esa escuela, aconsejaría a los padres que hicieran algo en la propia escuela, sin traer a los niños al parque. Al menos, hasta que se aclare este asunto.

»Frank rio de una manera que me pareció tímida:

»Se lo diré. Su nombre es Dorothy, aunque todos la llaman "madre Dorothy". Es monja.

»¿Tú la conoces, Frank?

»Soy miembro del consejo escolar.

»¿De verdad?

»Mi hija Jeannette es alumna del Mater Dei. Tiene doce años.

»¡Vaya! ¡Eso no me lo habías dicho!

»No me has dado oportunidad. Si me hubieras preguntado "¿Cuál es tu situación personal, Frank?", yo te hubiera respondido: "Estoy divorciado y tengo una hija de doce años, Jeannette".

»Parece un nombre francés.

»Lo es. Mi exesposa es de Louisiana y le gustan los nombres de aquella parte del mundo.

»¿Todo bien? ¿Divorcio tranquilo?

»Sí, todo bien. Ella trabajaba en un casino de Reno como cajera, y ahora hace lo mismo en Las Vegas. Jeannette se quedó conmigo. Ningún problema. ¿Y tu caso, Mary?

»Bueno, como suele decirse, yo no he encontrado aún mi media naranja.

»¿Por qué no pediste que te destinaran a California? Allí hay más naranjas que en Nevada, rio Frank. Pero estaba tenso. Si la risa puede ser dura, la de él lo era.

»Deberíamos llamar a la central y pedir instrucciones, atajó Mary.

»Conviene que antes echemos un vistazo al parque. Veamos si ha habido otros actos vandálicos.

»¡Rutilar!

—¿Sí, búho?

—Me acabo de acordar de que existe ese verbo, y de que su significado se acerca mucho a «rielar» o a «lanzar destellos o irisaciones». Significa concretamente «brillar como oro o resplandecer despidiendo rayos de luz». De modo que bien podría haber dicho, hablando de la escena del corral, que «al estar la luna llena y con gran potencia de luz, las plumas de la cola de Oliver, sobre todo las verdes y las azules, rutilaban».

—Una cosa, búho. Cuando Frank y Mary se fueron a echar un vistazo al parque, ¿se encontraron, o se toparon, con más cosas rutilantes? ¿Había más cosas raras en el Rancho San Rafael la noche de ayer, 28 de abril de 2010?

—Todas las cosas raras estaban en el corral.

—Me lo creo, búho. Antes de escondernos en el túnel de McCarran, el cabezota y yo dimos una gran vuelta por el parque. Recepción, la charca de los gansos, el Pabellón Chino, la zona de paseo de los perros, los parques infantiles..., todo estaba normal.

—Los gansos son insoportables, y los patos también. Es impresionante la cantidad de deposiciones que hacen al día. Deberían llevarlos a los desiertos de Nuevo México. Allí las deposiciones se secarían enseguida. No como en el Rancho San Rafael Regional Park.

—De modo que todas las cosas raras estaban en el corral.

—Así es. Cuando Frank y Mary volvieron de su inspección y lo examinaron de nuevo, observaron que había otras dos sombras, dos pavos que, por decirlo así, presentaban una inmovilidad inquietante. No estaban en el alambrado, como Oliver, sino en el suelo, junto a la caseta del corral, y no era fácil verlos, porque la claridad de la luna no llegaba bien hasta aquel sitio y sus plumas no rutilaban. Mary estuvo un rato contemplándolos, pistola en mano; en cambio, Frank, con los brazos en jarras y la pistola enfundada, solo tenía ojos para Oliver. Volvió a pensar en la reacción que ante aquel hecho iban a tener los niños:

»Cuando Jeannette y sus compañeros se enteren, se pondrán a llorar. La madre Dorothy tendrá que esforzarse mucho para consolarlos.

»Él mismo parecía afectado. Mary se mostró más fría. Señaló la cruz gigante iluminada de la ladera y dijo:

»Es posible que haya seguido ese modelo a la hora de crucificar a Oliver. Tienen la misma orientación, con un ángulo de diez grados con respecto a la horizontal.

»Te admiro, Mary. Yo no me habría dado cuenta. Esto huele a maníaco, ¿verdad?

»Hay que estudiarlo, dijo Mary.

»Respuesta de documentalista, rio Frank, pero sin alegría.

»Se mostraba verdaderamente afectado por lo de Oliver. A mí, la verdad, no me pareció normal, porque ya había pasado el momento del choque, y la primera impresión tenía que haberse desvanecido, máxime cuando acababan de reparar en la existencia de otros dos pavos muertos...

—Búho, búho, disculpa que te interrumpa. ¿Estás seguro de que Frank dijo «esto huele a maníaco»?

—Completamente seguro. Pudo haber dicho «psicópata», «perturbado», «chiflado» o «loco». Pero dijo «maníaco». «Esto huele a maníaco».

—Gracias, búho. ¿Algo más que reseñar?

—Una referencia a san Pedro.

—¿En qué sentido?

—Mientras Frank llamaba a la central para informar de lo que acababan de encontrar, Mary estuvo contemplando a Oliver, ya sin la pistola en la mano. Cuando Frank se le acercó, dijo:

»Como a san Pedro.

»Explícate, Mary, le pidió Frank.

»Digo que lo han crucificado como a san Pedro, con la cabeza hacia abajo.

»Me asombra oírte. En el mundo de hoy estas cosas no se saben.

»Lo sé porque soy católica, no por ser documentalista.

»En ese momento, Frank, después de una de sus risas, repitió lo de "maníaco":

»Detrás de esto tiene que haber un maníaco religioso.

—Muy bien, búho. Me das una buena información.

—Será la última que te dé hoy, porque, si soy sincero, me harté de ver a Oliver y sus plumas rutilantes, o destellantes, o rielantes, y emprendí el vuelo hacia la zona de recepción. Cuando ascendí y estuve en el aire, me asombró la fuerza de la luna. Parecía tener el mismo fuego que el sol. Si no el mismo fuego, sí al menos las mismas brasas rojizas que el astro rey.

—Muy bien, búho. Dentro de diez días volveré a contactar contigo. Reitero mi agradecimiento.

## 2. Segunda consulta al búho del Rancho San Rafael Regional Park, Reno, Nevada

—Búho solitario, búho que gracias a la suavidad de tus plumas te mueves sin hacer el menor ruido, tú, el más silencioso de los pájaros, con los ojos grandes y el oído finísimo, tú que desde los tiempos de la antigua Grecia has tenido una merecida fama de sabio, tú que siempre estás vigilante, dime, ¿qué viste en la noche de ayer, miércoles 8 de mayo de 2010, en el Rancho San Rafael Regional Park de Reno, Nevada?

—No.

—¿Qué quieres decir, búho? ¿Qué es lo que niegas?

—Niego que siempre esté vigilante. No lo estuve hace once días. De haberlo estado me habría dado cuenta de lo que pasaba en el corral de los pavos reales, pero no me enteré de nada hasta que Frank y Mary fueron allí. No estoy nada contento de mí mismo, la verdad. Creo que voy a abandonar mi labor de vigía. El Rancho San Rafael Regional Park merece más atención de la que, según me doy cuenta, le dispenso yo.

—Búho, búho reflexivo, búho que piensas y repiensas todas las cosas en un afán más que encomiable, no te atormentes. Es necesario que nos sigas informando.

—«Repiensas», has dicho.

—Así es.

—No parece correcto, ¿verdad? «Repiensas». Sin embargo, lo es. Del verbo «repensar». Yo repienso, tú repiensas, él repiensa, nosotros repensamos...

—Búho, necesitamos información de lo que ayer por la noche hicieron Frank y Mary. De lo que hicieron, y de lo que hablaron.

—¿Por qué utilizas el plural? «Necesitamos», dices. ¿Piensas en el cabezota, ese tipo que se escondió contigo en el túnel de McCarran y que se parece físicamente a los sapos que hay en Nuevo México?

—Hablaremos de él en otro momento, búho. Ahora tengo una pregunta. Frank y Mary no aparcaron en McCarran, ¿verdad? En el lugar del otro día, quiero decir.

—No. Aparcaron aquí, delante de recepción. Justo debajo de mi torre, para ser exactos.

—Te agradecería mucho que me hicieras la crónica, búho.

—Estuvieron un buen rato aquí sin salir del coche, como si fueran una pareja que tiene tiempo de sobra, y hablaron sobre el Mal y el Bien, y sobre la pena de muerte. Luego, ya fuera del coche, continuaron con el asunto, pero con mayor concreción. Al parecer, está a punto de iniciarse el juicio contra James Biela, el fontanero que hace dos años raptó y mató a la estudiante Brianna Denison. Un hecho que, sinceramente, vuelve a recordarme lo mal vigía que soy, porque el crimen sucedió ahí mismo, en el cruce de North Sierra Street y College Drive, a poca distancia de este parque. El tipo aparcó la furgoneta delante de la casa, entró en ella por la puerta, agarró a la chica, que dormía en el sofá, y se la llevó a cuestas. En plena noche. En una noche tremendamente silenciosa. Y yo, nada, no escuché ni un solo grito.

—Búho, búho, deja de lado esas consideraciones negativas. No te lamentes. Ese tipo lo hizo todo con una precisión inhumana. Las compañeras de la chica dormían a pocos metros y tampoco sintieron nada. Ni siquiera ella debió de darse cuenta de que la estaban raptando hasta que estuvo en la furgoneta. Pero dime, búho, ¿qué comentaron Frank y Mary?

—Al principio nada, porque se acercaron al Pabellón Chino por separado, Frank por delante del edificio y Mary por detrás, y lo escudriñaron todo con sus linternas y sin decir una palabra. Tardaron unos cinco minutos en total, para luego continuar en dirección norte, hacia la ladera de la cruz gigante iluminada.

»Dio mucho trabajo detener a ese Biela, pero al final va a pagar por ello, dijo Mary, volviendo al tema.

»Lo condenarán a muerte. Lo que no es seguro es que le pongan la inyección, respondió Frank chasqueando la lengua. El último preso al que ejecutaron en Nevada fue aquel chuloputas, Daryl Mack. En 2007, si no me equivoco.

»Te equivocas, Frank, pero por poco. Fue en abril de 2006.

»Tu alma de documentalista nunca te abandonará, Mary.

»Mary rio, como si la broma de Frank hubiese sido un cumplido. Luego habló con voz que no sé bien cómo definir. "Alegre", diría, o "animada". O mejor: "eufórica". Sí, "eufórica". Explicó casi cantando lo que había ocurrido con el último ejecutado de Nevada:

»Lo atraparon por matar a una prostituta y en ese momento no lo condenaron a muerte. Pero llegaron las pruebas de ADN, y un detective que estaba investigando crímenes no resueltos descubrió que el semen encontrado en el cuerpo de una mujer llamada Betty Jane May pertenecía a Daryl Mack. Y ahí sí. Con dos asesinatos a sus espaldas no podía tener otro destino que la inyección letal.

»En este estado, puntualizó Frank. En California le habrían dejado vivo.

»¡Qué bonito está ese árbol!, exclamó de pronto Mary señalando hacia una pequeña magnolia que hay en la pradera central del parque. No es una magnolia común, una *grandiflora*, sino una *Magnolia stellata*. Se llama así porque sus flores blancas tienen forma de estrella.

—Me he fijado, búho.

—Recuerdo que no hace mucho vinieron a estudiarla unos botánicos, y que uno de ellos dijo que era una anomalía; que, muy probablemente, tenía su origen en el arboreto que está en los aledaños del parque, cerca de North Sierra Street. ¿Conoces el arboreto? Está bastante bien. Hay cerezos japoneses, incluso.

—Lo conozco, búho, pero, volviendo al parque, supongo que la *Magnolia stellata* atrajo la atención de Mary porque ahora está en flor.

—Es posible. Parecía una gran borla blanca suspendida en el aire, y aunque anoche la luna estaba mediada y no había mucha luz, las flores brillaban, brillaban o rielaban, que de las dos maneras se puede decir, creo.

—Sigamos con Frank y Mary, búho.

—De acuerdo. Pero antes déjame decirte otra cosa. Me extrañó que Mary se pusiera tan eufórica al contar lo del tipo al que ejecutaron con la inyección letal. Se trata de un hecho dramático, ¿no?

—Bueno, es policía.

—Ya.

—Veo que dudas, búho.

—Es que me pareció notar algo raro en su comportamiento. En algún momento tuve la impresión de que actuaba, y que su euforia era falsa.

—Tu apreciación es interesante, pero no sé qué decirte. Sigue contando, búho.

—Conforme. Pues ambos se encaminaron hacia la *Magnolia stellata*, Mary con decisión, Frank con desgana, como si no quisiera acercarse. Y, de hecho, no se acercó. Se quedó a unos veinte pasos del árbol.

»¿No vienes, Frank? Vistas de cerca, las flores son preciosas. Tienen muchos pétalos cada una. Además, son aromáticas, dijo Mary.

»Prefiero que sigamos patrullando, bufó Frank, y se alejó de allí casi corriendo.

—Interesante.

—¿Por qué dices «interesante»?

—Cosas mías, búho. Disculpa la interrupción. Continúa.

—Pues a Mary la reacción de Frank no le pareció como a ti, "interesante", sino extraña, al menos eso colegí de la pregunta que le hizo al alcanzarle:

»¿He hecho mal? ¿No tenía que haberme parado junto al árbol?

»Frank ya había llegado al camino que pasa por debajo de la ladera de la cruz gigante iluminada. Se desentendió de la pregunta y giró a la derecha, hacia el corral de los pavos reales.

»Disculpa, dijo parándose tras recorrer unos ocho o diez pasos.

»¿Tenías prisa por ver algo?, le preguntó Mary. Parecía enfadada.

»La madre Dorothy tiene el propósito de venir aquí con los niños de la escuela a rezar y a poner flores en recuerdo de Oliver y de los otros dos pavos reales degollados. Me ha pedido que compruebe que todo está limpio. En fin, venía con esa idea en la cabeza y me ha entrado la prisa.

»Estará limpio, supongo. No creo que hayan dejado ahí las cabezas sanguinolentas de los animalitos, respondió Mary apartándose del corral y dándole la espalda a Frank. Se quedó mirando la borla blanca, la *Magnolia stellata*.

»Todo en orden, dijo Frank al cabo de unos minutos. Se han llevado los pavos que quedaban vivos y lo han limpiado todo.

»Mary se volvió hacia él, pero sin decir nada. Me fijé en que llevaba la funda de la pistola muy abajo, a medio muslo, como los pistoleros cuando van a disputar un duelo. No.

—¿No?

—No, no debe decirse «disputar un duelo». Está mal. Creo que la expresión correcta es «batirse en duelo». Es decir, que debería haber dicho «llevaba la funda de la pistola muy abajo, a medio muslo, como los pistoleros cuando van a batirse en duelo.

—Como quieras, búho.

—Antes tampoco me he expresado bien, al decir aquello de que a Mary la reacción de Frank le pareció extraña, o que, al menos, eso fue lo que yo colegí de sus palabras: «¿He hecho mal? ¿No tenía que haberme parado junto al árbol?». Debí haber dicho «inferí» en lugar de «colegí». O, más sencillamente, «deduje». No sé, antes no tenía tantas dudas con el lenguaje. Creo que me estoy haciendo viejo.

—Todo el mundo tiene dudas, búho. Es normal. Como es normal, creo, lo de llevar la funda de la pistola muy abajo, al estilo de Mary. Algunos policías tienen esa costumbre.

—Puede que tengas razón. Quizá sea una moda de Nuevo México que ella ha traído a Nevada. O que le gusta imitar al *sheriff* de alguna película.

—Todo puede ser.

—Otra posibilidad es que Mary no se sintiera segura con Frank. Pero no, tampoco. La noche que se encontraron con el pavo real crucificado también anduvo con la pistola en la mano. Definitivamente, debe tratarse de una costumbre suya. Es normal, si lo piensas. A nadie le gusta que le sorprendan.

—De modo que, según Frank, todo estaba en orden en el corral. Vacío y completamente limpio. Mary no entró a comprobarlo, ¿verdad?

—No lo hizo, pero tuve la impresión de que seguía enfadada. Por otra parte, lo que le había contado Frank de la madre Dorothy, lo de que iba a venir con los niños de la escuela a poner flores y a rezar por Oliver y por los otros dos pavos reales, le pareció un despropósito.

»¿Qué hacen en el colegio Mater Dei cuando llega el Día de Acción de Gracias?, exclamó torciendo la voz. Según los informes, en esa celebración se consumen en Estados Unidos unos cuarenta y cinco millones de pavos. ¿Rezan por todos ellos?

»Frank soltó una carcajada:

»¡Ya habló la documentalista!

»Caminaban en aquel momento hacia el túnel de Mc-Carran, sin más luz que la de la media luna, y no podía distinguir la expresión de sus rostros.

»Mary, no tienes razón, dijo Frank. En este caso se trata de pavos reales, no de pavos comestibles. Además, lo más importante, estamos hablando de Oliver. Ya verás qué poemas escriben los niños del Mater Dei en su memoria. Jeannette escribirá el suyo llorando, no me cabe la menor duda.

»Pareció que iban a ponerse a discutir, pero habían llegado a las proximidades del túnel de McCarran, y los dos, por instinto policial, supongo, callaron de golpe y se apartaron el uno del otro.

»¡Cúbreme!, susurró Frank, y Mary sacó la pistola de la funda que llevaba a la altura del muslo con gran rapidez, en un único movimiento. Frank encendió la linterna y se internó en el túnel poco a poco, y Mary le siguió empuñando la pistola con las dos manos. Pero me callo, porque me asalta una duda y no puedo seguir adelante sin resolverla.

—¿No puedes esperar, búho? Podrías resolverla luego, cuando acabes de darme la información.

—No, tiene que ser ahora.

—Adelante, búho.

—Pues he dicho antes que Mary, al enterarse de que la madre Dorothy estaba preparando una excursión al Rancho San Rafael Regional Park para poner flores en el corral de los pavos reales y rezar por Oliver, habló «torciendo la voz». Sinceramente, no sé si es correcto. Las expresiones «torciendo la boca» y «torciendo el gesto» son correctas, y bastante comunes. Pero ¿«torciendo la voz»?

—Creo que es correcta, aunque no usual. Esa es tu grandeza, búho, por eso tienes fama de sabio desde los tiempos de la antigua Grecia. No te limitas a utilizar el lenguaje, sino que lo inventas.

—De modo que es correcta.

—Yo diría que sí.

—Te diré entonces que también Frank torció la voz después de internarse en el túnel. No encontró a ningún criminal, pero la luz de la linterna le mostró algo que le resultó desagradable: un preservativo que parecía recién usado.

»Este es el problema, masculló. Hay demasiado semen en el mundo. ¿Cuántos hombres habrá ahora mismo en Reno con el semen saliéndoseles por los ojos? ¿Cuántos de ellos estarán ahora mismo en una calle oscura o en un parque como este para hacer lo mismo que James Biela hizo a Brianna Denison?

»Mary permaneció callada hasta que los dos estuvieron fuera del túnel y se encaminaron hacia la zona de recepción.

»Eso ya lo pensaron los padres de la patria, Frank. Por eso estamos nosotros aquí, para evitar que los locos del semen se sientan libres de actuar. Y para eso están los jurados como el que juzgará a James Biela.

»La voz de Frank se torció aún más y se volvió agria:

»Lo condenarán a muerte, pero no le pondrán la inyección hasta dentro de diez o quince años, si es que al final se la ponen. Mientras, vivirá sin trabajar gracias al dinero de nuestros impuestos.

»Mary, que había enfundado ya la pistola, abrió los brazos en cruz. Seguía enfadada, pero ahora no torcía la voz, sino que la elevaba:

»¿Qué otra cosa se puede hacer? Las leyes están para cumplirlas. Porque, vamos a ver, ¿qué harías tú en un caso como el de Biela? ¿Encabezarías un linchamiento? ¿Te tomarías la justicia por tu mano?

»Frank no respondió a las preguntas. En lugar de ello musitó un comentario sobre su religión:

»Por eso soy católico. Porque frena el semen y, por lo tanto, el crimen. La madre Dorothy piensa lo mismo.

»¿Hablas de estos asuntos con la madre Dorothy?, preguntó Mary con una voz que de pronto volvió a ser cantarina. No me lo puedo creer.

»Frank pareció ofenderse:

»Ella pasó veinte años en un colegio de Las Vegas y trabajó en un programa de rehabilitación de prostitutas. Reza mucho por ellas.

»Mary rio sardónicamente:

»Pues yo llevo casi cuarenta años siendo católica y nunca he conocido a una monja que lo mismo se ocupa de los pavos reales que de las prostitutas.

»Me gusta esa palabra con la que acabo de describir la risa de Mary.

—¿«Sardónicamente»?

—En efecto. Suena contundente. Es mejor que «sarcásticamente».

—Tienes razón.

—También me gustó bastante la expresión que utilizó Mary al referirse a los obsesos sexuales. «Locos del semen», dijo. No está nada mal. Desde luego, es más expresiva que «personas que necesitan inhibidores de testosterona», como suelen decir los de la televisión.

—De acuerdo. De modo que Mary, después de reír sardónicamente...

—Se metió en el coche patrulla y esperó a que Frank hiciera lo mismo. Luego, encendió el ordenador y volvió al tema de los pavos degollados en el corral.

»Estos últimos días he recuperado mis hábitos de documentalista, dijo con una voz que, por una vez, era neutra, sin torceduras, exclamaciones o euforias. He empleado mi tiempo libre en seguir rastros en el ordenador y en repasar la hemeroteca del *Reno Gazette Journal*. Te muestro ahora los resultados. Son bastante interesantes.

»Adelante, Mary. Te aprecio más cuando hablas como policía que cuando lo haces como católica, bromeó Frank. Su voz no acababa de ser neutra.

»Mary desoyó la broma y pasó a informar:

»Hace diez días que degollaron y crucificaron a Oliver. Eso fue el 28 de abril. Pues bien: casi un mes antes, el 30 de marzo, la gente que circulaba por la carretera 50 vio una estampa similar en Middlegate, donde el árbol de los zapatos.

»Siempre me ha parecido una tontería tirar los zapatos o las zapatillas a lo alto de un árbol y dejarlos colgando. Pero, en fin, ahora es una atracción turística.

»La cuestión es que había tres coyotes degollados en la hondonada donde se asienta el árbol. Dos de ellos estaban tirados en el suelo y el tercero, crucificado cabeza abajo en el tronco.

»Como san Pedro, remató Frank.

»Mary continuó:

»Bien, eso fue el 30 de marzo. Pues aproximadamente un mes antes, el 28 de febrero, a treinta kilómetros de Reno, en la reserva paiute de Washoe County, aparecieron tres caballos mustang muertos. No estaban degollados, pero todos mostraban en la piel una cruz marcada a cuchillo.

»No es tan fácil degollar un mustang. Son de cuello fuerte.

»Gracias por la información, Frank, dijo Mary con sequedad. Luego ofreció otro dato: Un mes antes de lo de los mustang, el 30 de enero, un profesor de la universidad denunció la desaparición de sus tres gatos. Aparecieron al día siguiente cerca de la capilla del campus. Ya puedes imaginarte cómo.

»Frank emitió un berrido y levantó la voz de forma exagerada, como si estuviera en una calle ruidosa y no en un parque silencioso y dentro de un coche patrulla:

»Ya lo dije cuando descubrimos a Oliver. Esto huele a maníaco.

»Eso parece. Desde luego, no es un vándalo cualquiera, concedió Mary.

»Frank permaneció un rato en silencio. Después, sacando el brazo por la ventanilla y señalando al cielo, pronunció la palabra que, al parecer, resumía lo que había estado pensando:

»Lunático.

»Le siguió otro silencio, y añadió:

»Es un lunático, Mary. ¿No te das cuenta? El 30 de enero, el 28 de febrero, el 30 de marzo, el 28 de abril, todos esos días hubo luna llena.

—Muy interesante, búho. Estás seguro de que fue Frank el que dijo todo eso de la luna, ¿verdad?

—Sí, seguro. Lo que pasa es que no me estoy expresando bien.

—Yo creo que sí. Eres un informador excepcional.

—Pero no tengo facilidad de palabra. Últimamente no. Acabo de decir que Frank emitió un berrido antes de insistir en que el asunto de los degollamientos olía a maníaco. No tenía que haber dicho «emitió un berrido», porque «berrido» alude al grito desaforado de una persona. Tenía que haber dicho «resopló».

—No importa, búho.

—Importa que me estoy haciendo viejo. Cada vez tengo más dudas. Otro ejemplo: acabo de decir «degollamientos», «el asunto de los degollamientos». Pero quizá tenía que haber dicho «degüellos». La verdad, no sabría decir qué palabra es más adecuada, si «degollamiento» o «degüello». Por otra parte, ahora que lo pienso, la palabra podría ser «degollación».

—Para el caso es lo mismo, búho. Dime, ¿de qué más hablaron Frank y Mary?

—Hablaron del ADN. Mary lamentó que en casos de violencia contra animales no se tomaran muestras para dar con los autores.

»Lo más probable es que se trate del mismo lunático, remachó Frank.

»¿Quién va a hacer el informe sobre estos asesinatos en serie?, preguntó Mary con algo de sorna, supongo que por la expresión "asesinatos en serie", poco pertinente cuando se habla de pavos, coyotes y similares.

»Tú, Mary. Para algo eres la documentalista.

»Frank intentaba expresarse con desenfado, pero Mary no se mostró receptiva.

»Pon en marcha el coche, Frank. Vamos a patrullar por la ciudad, dijo.

»Salieron del aparcamiento y se alejaron hacia McCarran por San Rafael Drive.

## 3. Tercera consulta al búho del Rancho San Rafael Regional Park, Reno, Nevada

—Búho, hoy es 17 de mayo, lunes, está ya anocheciendo, y tú sigues como siempre, en lo alto de la torre, vigilante, dominando todo el Rancho San Rafael Regional Park, desde la zona del Pabellón Chino hasta la ladera de la cruz gigante iluminada, desde el túnel de McCarran hasta la pradera donde está la *Magnolia stellata*. Recibe mi saludo, pájaro sabio, gran informador, excelente colaborador de quienes buscan la verdad, y dime: ¿estás dispuesto a hacer un esfuerzo? La noche de hoy va a ser especial.

—De acuerdo, pero no digas «cruz gigante iluminada», porque aún no lo está. Conviene que hablemos con propiedad. Por otro lado, ¿qué quieres decir con eso de que «la noche de hoy va a ser especial»? «Especial» viene a ser «singular», «peculiar», «única». Si precisaras un poco me harías un favor.

—Búho, las veces anteriores he apelado a tu memoria y te he pedido información sobre lo que ya había sucedido. Concretamente, sobre lo que había sucedido la víspera. Sin embargo, lo que ahora necesito es una narración en presente.

—Una retransmisión, entonces. Dicho de otra forma, lo que necesitas es que capte y comunique los hechos según van ocurriendo. ¿Es eso?

—En efecto.

—Lo que podríamos llamar un «directo».

—Así es.

—Hechos relacionados con Frank y Mary, supongo.

—Supones bien.

—Han encendido la luz.

—¿Cómo?

—Que ya han encendido la luz de la cruz gigante. Ahora sí podemos denominarla «cruz gigante iluminada».

—¿Te ves capaz de hacer una retransmisión?

—Tal como te confesé la vez anterior, me estoy haciendo viejo y mis facultades han sufrido una merma. No obstante, lo intentaré. La luna está en cuarto creciente y no ilumina mucho; pero, en fin, eso no importa tanto, en peores noches me he visto. Viene un coche patrulla de la policía por McCarran.

—Adelante, búho.

—Ha encontrado el semáforo en verde y ha girado hacia North Sierra Street. Toma ahora por San Rafael Drive. Se ha parado a la altura del Pabellón Chino del parque... «Pabellón», me encanta esa palabra. Al parecer, viene del francés antiguo *paveillon*, «tienda de campaña», y este, del latín *papilio*, *papiliōnis*, «mariposa», por comparación de las alas del insecto con la tela de la tienda agitada por el viento. Las palabras esconden a veces orígenes sorprendentes.

—Es verdad. Pero, dime, ¿qué hacen Frank y Mary?

—Han caminado hasta el Pabellón Chino y le están echando una mirada. ¡Vaya! ¡El cabezota se ha metido en el parque! Ya sabes, el tipo que, cuando lo vi por primera vez, la noche que degollaron a Oliver, me recordó a los sapos de Nuevo México. Se ha deslizado por el terraplén que baja de McCarran al parque y se ha colocado tras un arbusto, a unos doscientos metros de donde están ahora mismo Frank y Mary. Lleva un arma. Un fusil grande. Un fusil con mira telescópica, aunque no sabría decirte si es térmica o de rayos infrarrojos. ¿Qué pretende ese sapo?

—Búho, no le llames «sapo». No te lo permitiría. Mejor que le llames «cabezota», que no es tan ofensivo. O, mejor aún, llámale Jim. Así es como se llama, Jim.

—Me parece más adecuado «sapo». Su figura se parece mucho a los sapos, aunque en grande.

—Si se entera de que le insultas de esa manera te pegará un tiro. Bueno, no creo que llegue a tanto, pero por si acaso no te arriesgues.

—En cualquier caso, no es fácil darle a un búho.

—Para él sí. Es un tirador excepcional.

—Se ha movido de donde estaba, y se ha colocado a unos cien metros de Frank y Mary, que siguen en el Pabellón Chino, sentados en un banco de madera, justo debajo de una caprichosa farola de luz rojiza. Si es verdad que el cabezota es un tirador excepcional, ambos son un blanco fácil. Pero ellos no parecen preocupados. Están charlando tranquilamente. Por lo visto, a Mary ya se le ha pasado el enfado del otro día, cuando Frank rehuyó acercarse a la *Magnolia stellata* y luego discutieron sobre los rezos que iba a organizar la madre Dorothy en favor de Oliver. Por cierto, el árbol ya no luce como una borla blanca suspendida en el aire. Ha perdido flores, y recuerda a un penacho blanquecino. A un copete, quiero decir. O a un mechón. La verdad, no sé qué diferencias hay entre penacho, copete y mechón.

—Ya me hago una idea, búho.

—Es normal que te hagas una idea. Si no me equivoco, estás metido en un Suzuki gris aparcado encima del túnel de McCarran, muy cerca de donde estuvieron Frank y Mary la primera noche que los observé, el miércoles 28 de abril.

—Es cierto, búho. Pero desde aquí la magnolia es solo una mancha blanquecina. Al menos para mí. No tengo tu vista. Tampoco la de Jim. Volvamos ahora al Pabellón Chino. Mary y Frank siguen hablando amigablemente, ¿no es así?

—Correcto. Pero, dime, ¿puedo resumir? Antes que hacer un directo-directo, prefiero estar atento un rato y luego resumir lo que he oído y visto.

—Como te convenga, búho.

—Mary le ha felicitado a Frank, y le ha dicho que tenía razón en lo del maníaco:

»He estado en contacto con los del Departamento de Documentación de Nevada y me han informado de que siguen apareciendo animales crucificados y degollados. En Pyramid Lake, tres parejas de serpientes. Las dejaron clavadas, formando tres cruces, en el porche del motel de Radcliffe. Las cabezas estaban desparramadas por el suelo y aplastadas.

»Frank se ha animado de pronto:

»Tiene más lógica que lo de los pavos, los coyotes, los mustang y los gatos. La serpiente es el animal maldito de la Biblia. Por cierto, ¡qué casualidad que hayan aparecido en Pyramid Lake!

»Bueno, es un desierto. Es normal que haya serpientes.

»Frank se ha reído:

»Ah, no lo digo por eso. Es solo que voy a tomarme la próxima semana libre para ir precisamente a Pyramid Lake. Necesito hacer ejercicios espirituales, y la madre Dorothy me ha recomendado un rancho que está en aquella zona. Antes era un *dude ranch*, de los que utilizaban los turistas para andar a caballo y jugar a *cowboys*, pero ahora pertenece a una comunidad cristiana.

»Mary también se ha reído:

»¿Ejercicios espirituales en un rancho? Yo siempre los he hecho en un convento.

»Lo que quiero es estar solo. Necesito la soledad del desierto para orar.

»Bueno, estarás con los paiutes.

»No, porque no me quedaré en el mismo Radcliffe. El rancho está aislado, cerca del que utilizó aquel autor de teatro para hacer la penitencia que le exigían para poder casarse con Marilyn Monroe. No siempre se hace penitencia por las vírgenes.

»Los dos se han reído con este último comentario. Luego se han callado de golpe.

—De modo que Frank va a estar fuera la próxima semana, del 24 al 30. Esto hay que tenerlo en cuenta.

—¿Por qué?

—Luego te lo explico, búho. Sigue ahora con la retransmisión, por favor.

—Se han puesto a caminar hacia la magnolia. Si continúan en esa dirección se encontrarán con Jim, que está ahora tumbado junto al tronco del árbol.

—Te agradezco que le llames Jim. Es un tipo estupendo. No merece que le llames «sapo». No te preocupes. Frank no irá hacia allí.

—Cierto. Se ha desviado hacia el camino que lleva a la cruz gigante iluminada. Jim los sigue a cierta distancia. A unos cincuenta metros. Es difícil distinguirle, porque lleva ropa de camuflaje.

—Adelante, búho.

—Mary le acaba de hacer una pregunta a Frank.

»Si vas a estar una semana en el rancho de Pyramid Lake, ¿quién se va a hacer cargo de Jeannette?

»Está todo arreglado, le ha respondido Frank. Irá a Las Vegas, donde su madre. No serán unos ejercicios espirituales, pero al menos cambiará de aires.

—Primera mentira de hoy.

—¿Por qué lo dices?

—Luego, búho, ya te lo explicaré luego.

—¿Jeannette no va a ir a Las Vegas?

—No va a ir, no. Enseguida sabrás por qué. Un poco de paciencia, búho.

—No me gusta andar a ciegas, y, la verdad, me gustaría saber qué está pasando. Si no quieres informarme, tampoco te informaré yo a ti. Me apagaré como una radio.

—Prometo informarte, búho. Sigue retransmitiendo, por favor.

—Pues la luna está en lo alto, en cuarto creciente, y pasan algunos coches por McCarran. Por High Sierra Street también pasan coches. Ninguno, en cambio, por San Rafael Drive. Por su parte, justo delante de mí, en la pradera central, la magnolia parece un penacho, o un co-

191

pete o un mechón. Si miro atrás, veo los casinos del centro de la ciudad, cada uno de un color, uno verde, otro rosa, todos ellos iluminados, igual que la cruz gigante, que ahora mismo parece mirar a este parque, donde, dejando de lado los gansos, mapaches, ratones y demás, ahora solo estamos Frank, Mary, Jim, tú y yo.

—Vale, búho, ya capto tu mensaje. No quieres tener paciencia. De acuerdo, te doy la información: Jeannette murió hace aproximadamente un año.

—¿La niña está muerta?

—Sí, búho. Se ahorcó en el gimnasio de la escuela. Suicidio. Y ya está. Ya sabes por qué no va a pasar la semana próxima con su madre en Las Vegas.

—No entiendo este asunto.

—Nosotros tampoco lo entendemos del todo. Por eso es importante tu información. Son momentos decisivos.

—¿A quién te refieres cuando dices «nosotros»? No es la primera vez que utilizas la primera persona del plural.

—Somos Mary, Jim y yo. Llevamos tiempo detrás de Frank. Y ya está bien, búho. Sigue con el directo. Te repito que es importante. Mary está corriendo cierto riesgo.

—De acuerdo. Frank y Mary marchan ahora por el camino que lleva al corral de los pavos reales, que sigue vacío. Jim no se ha movido, pero se ha colocado en posición de tiro, con el fusil montado en un trípode. Definitivamente, la mira telescópica es de rayos infrarrojos. Identifico bien el arma porque he volado hasta un arbusto grande de *sagebrush* que hay en la ladera, y oigo y veo todo mejor que nunca. Frank está hablando de semen. Ha vuelto a repetir lo de que la gente está de semen hasta los ojos, y ha informado a Mary de un suceso:

»Lo mencionó la madre Dorothy en el consejo escolar. Un coche negro se acercó a dos alumnas de la escuela que iban por Muir Drive y el conductor las invitó a que entraran y cogieran las muñecas que llevaba en el asiento trasero. Las niñas huyeron, y él las siguió en el coche hasta el cruce de Muir con Grandview. Se paró junto a ellas y les dijo: "¿No queréis follar conmigo?".

»Ya han puesto la denuncia, Frank. La he leído esta mañana, ha dicho Mary.

»Pero será inútil, ha respondido Frank. Según ha sabido la madre Dorothy, el tipo iba con la cara tapada hasta los ojos, gafas de sol y gorra de béisbol. Y aunque lo cogiéramos, ¿qué? Solo en Reno habrá miles como él o como Biela. Son los que tú llamas los locos del semen, y nada puede pararlos. Solo pararán cuando los mandemos al infierno.

»No dejes que te afecte, Frank, ha dicho Mary. No lo conviertas en un asunto personal.

»Frank ha emitido un suspiro..., bueno, no exactamente un suspiro, sino una especie de tos, aunque tampoco, más un gemido que, cosa rara, tenía algo de risa, y ha exclamado:

»Cuando se es padre de una niña como Jeannette, estos locos del semen se te meten en la cabeza y te hacen daño.

»Frank ha señalado entonces la verja del corral de los pavos reales, y por un momento ha perdido el control de sí mismo y ha levantado la voz al tiempo que gemía o se reía, o las dos cosas, y ha dicho:

»¡Yo los crucificaría a todos, igual que hicieron con Oliver!

»Pero ¿cuándo les cortarías el cuello? ¿Antes o después?, le ha preguntado Mary, con el tono de una taquillera que pregunta a un cliente para cuál de las películas del multicine quiere entradas.

»Frank ha reaccionado bajando la voz y apartándose de ella:

»Comprendo que te cueste entenderlo, Mary. Pero no es lo mismo cuando se tienen hijas. Jeannette vive con miedo.

»Mary ha avanzado hacia la caseta del corral, y me he dado cuenta de que seguía llevando la pistola al estilo de

Nuevo México, a la altura del muslo, y que además tenía la funda abierta.

»Frank, ¿por qué mientes?, ha dicho en un tono que de nuevo quería ser de taquillera pero que, indudablemente, correspondía a una policía. ¿Por qué hablas de Jeannette como si estuviera viva?

»Todo se ha paralizado de repente, y he tenido la impresión de que no estaba viendo el Rancho San Rafael, la luna en cuarto creciente, la torre donde vivo, el aparcamiento de recepción, el Pabellón Chino, la pradera central, la *Magnolia stellata* con forma de penacho, o de copete, o de mechón, a ti en el Suzuki aparcado junto a McCarran, a Jim tumbado en el suelo con su fusil de mira telescópica infrarroja colocado sobre un trípode, a Frank y a Mary separados el uno del otro en la zona del corral; no veía aquello sino una fotografía, o mejor, una foto *finish* como las que se hacen en los hipódromos y que convierten en estatuas a los caballos que corren al galope. No sé cuánto ha durado ese estado, esa suspensión que quizá debería llamar "hiato", palabra que viene del latín *hiātus* y que representa un espacio en blanco, una interrupción espacial o temporal. Lo que sí sé es que Frank también tenía la mano cerca de la pistola y que su mirada estaba fija en Mary, como si quisiera hipnotizarla. Al fin, cuando el hiato se ha deshecho y el movimiento ha vuelto al Rancho San Rafael Regional Park, yo he emprendido el vuelo y, acercándome, para seguir mejor los acontecimientos, me he posado en el alambrado del corral, aunque no en el punto donde Oliver apareció crucificado, sino en un extremo. Y aquí estoy ahora, sin saber bien qué es lo que me ha empujado a venir a esta zona de peligro. Porque peligro hay. Lo siento en todo el cuerpo.

—Tu reacción te honra, búho. Has sido valiente.

—Ya, pero en este momento preferiría estar metido en un Suzuki y aparcado en una orilla de McCarran.

—Debo estar aquí, búho, porque alguien tiene que recoger por escrito las informaciones y los datos que luego nos permitirán hacer una buena inferencia. Ahora mismo estoy con un cuaderno en las manos. En cualquier caso, sigue, búho. Tú hablas y yo tomo notas.

—«Inferencia» es una palabra interesante.

—Luego lo comentamos, búho.

—De acuerdo. Pues Frank ha mirado en diferentes direcciones y, de nuevo, durante unos instantes, toda la zona del corral ha adquirido la fijeza de una imagen de foto *finish*.

»¿Quién te ha hablado de Jeannette, Mary?, ha preguntado Frank.

»Como sabes, Frank, también yo soy católica, de modo que ayer domingo decidí asistir a la misa del Mater Dei. Al final pregunté a una feligresa por la madre Dorothy. Me dijo que no estaba en el colegio, y empezó a preguntarme cosas. Era muy curiosa, quería saber de qué conocía a la madre Dorothy. Le expliqué que tú me habías hablado de ella. Entonces me lo contó. Me dijo que había sido un golpe terrible para ti, y que todo el mundo pensó que no te recuperarías.

»¿Eso fue todo?

»Para mí fue suficiente, Frank. Me afectó la noticia y me alejé de la iglesia lo más rápido que pude.

»¿Te dijo que mi hija se suicidó?

»Me lo contó antes de que me pudiera zafar de ella.

»De nuevo, por tercera vez, la fijeza de la foto *finish*. Frank con la mano cerca de la pistola. Mary delante de la caseta con la mano igualmente sobre su arma. Jim tumbado en la pradera con el fusil apuntando hacia ellos. Arriba, la luna en cuarto creciente, ni una sola nube, todo el Rancho San Rafael metido en un banco de silencio. Digo "banco" en su acepción menos común, como si dijera "banco de niebla". El movimiento ha vuelto al parque cuando Frank ha lanzado un reproche a Mary:

»Me has acusado de mentiroso.

»He dicho que mentías en lo de Jeannette, no que fueras un mentiroso.

»Si fueras una verdadera católica me entenderías. Existe el cuerpo y existe el alma. El cuerpo muere, el alma no. Yo ya sé que el cuerpo de Jeannette está en el cementerio de North Virginia, pero su alma sigue junto a mí, aunque muchas veces no nos resulta fácil hablar entre nosotros por los cien asuntos que debemos atender a diario. Por eso voy a irme al *dude ranch* de Pyramid Lake. Te dije que a estar solo. Podría haber dicho "para hablar tranquilamente con Jeannette".

—Ha vuelto a mentir, búho.

—También a mí me lo ha parecido. La expresión de su cara cambia por segundos, aunque nunca deja de estar tensa. Es como si tuviera una anguila deslizándose por debajo de la piel. Si no estoy equivocado, ha mentido en lo del cementerio. La anguila se ha movido mucho en torno a su boca.

—Búho, búho sabio, a ti no se te puede engañar. Efectivamente, Jeannette no está en el cementerio de North Virginia. ¿Sabes adónde fueron a parar sus cenizas?

—¡Espera! Me parece que Jim me está apuntando a mí. ¿Qué va a hacer?

—Jim es un bromista, búho. No va a hacer nada. Se ha relajado, eso es todo. Teníamos miedo de que Frank disparase a Mary cuando ella empezara a hablarle de las mentiras. Pero ha encontrado una salida airosa con lo del cuerpo y el alma, y no parece que vaya a pasar nada.

—Eso parece, sí. La anguila se ha sosegado. La expresión de la cara de Frank es ahora mismo bastante normal.

»¿Qué te parece, Mary, si dejamos de hablar como teólogos y seguimos comportándonos como dos policías de patrulla?, ha dicho.

»De acuerdo, Frank. Vamos a ver si el túnel está tranquilo, ha respondido Mary, y ambos han tomado el camino que va en paralelo con McCarran.

»Esperemos que hoy no haya preservativos usados, ha dicho Frank con voz torcida.

»Mary se ha vuelto a poner seria, como cuando le riñó por el asunto de los rezos a Oliver:

»El sexto mandamiento es solo uno de los diez que el Señor dictó a Moisés, Frank. No deberías tomártelo con tanta angustia.

»Ya lo sé, ha respondido Frank con un suspiro.

»Siguen caminando hacia el túnel. Van callados, y ambos parecen tranquilos. Jim se ha levantado y otra vez marcha con su fusil hacia la *Magnolia stellata*. Ah, ya lo sé. Me acabo de dar cuenta.

—¿Qué es lo que sabes, búho?

—Dónde está enterrada Jeannette.

—¿Dónde está?

—Debajo de la *Magnolia stellata*.

—Búho, eres admirable. ¿Cómo lo has adivinado?

—No ha sido por una inferencia, porque no tenía los suficientes datos como para ver qué verdad dibujaban, pero tampoco una adivinación o una intuición, ya que «intuición», según la mayor parte de los diccionarios, es el conocimiento que no sigue un camino racional para su construcción y formulación. Ha sido más bien una asociación. Es terrible.

—¿Terrible?

—Es terrible tener que hablar constantemente con palabras que terminan en «-ción»: «asociación», «formulación», «construcción», «intuición», «adivinación»..., por eso me gusta más «inferencia». No arma tanta bulla. En cualquier caso, ha sido por asociación. Me he acordado de cómo reaccionó Frank la noche en que Mary se acercó al árbol cuando este aún parecía una borla blanca suspendida en el aire, y no como ahora, un penacho, o copete, o mechón, o lo que sea. Ella se sintió atraída por la belleza de las flores blancas, pero Frank temió que viera algo y se alejó de allí sin pararse a contemplarlas, que hubiera sido lo lógico, sobre todo tras la petición de Mary. No sé qué puede haber bajo ese árbol, quizás una pequeña lápida.

—No hay nada, búho. Nada visible, quiero decir, y en un primer momento pensamos que la reacción de Frank se había debido a algo circunstancial. Pero alguien tuvo la idea, podríamos llamarlo «intuición», de rastrear la zona del árbol con un detector de metales. Descubrimos, enterrado a muy poca profundidad, un cofre. Tenía grabado el nombre de la niña, «Jeannette Williams». Ahí estaba la razón de que no quisiera ver allí a Mary. Nadie quiere que alguien pise la tierra donde yacen los restos de un ser querido. Y ahora, búho, ¿podemos seguir con la vigilancia? Todo parece tranquilo, pero no hay que confiarse.

—Los dos acaban de salir del túnel y caminan hacia el aparcamiento de recepción. Han vuelto al tema del juicio de James Biela. Frank ha dicho que admira a la hermana de Brianna Denison. Al parecer, ha perdonado al asesino, a pesar de la horrible muerte que dio a su hermana y el dolor que causó a toda la familia. Frank ha insistido en la idea de que el saber perdonar es una de las virtudes que honran a los católicos.

—Vuelve a mentir, creo.

—También mintió Mary, ¿no? Me refiero a lo de la feligresa que habló con ella en la misa del Mater Dei. No fue así como supisteis lo de Jeannette.

—Eres un búho sabio, ciertamente. No, no hubo tal feligresa. Fue la madre Dorothy la que acudió a la central y nos previno. Según declaró, su empeño en permanecer en el consejo escolar y su forma de hablar de Jeannette le parecieron en un primer momento normales, la reacción de un creyente ante una pérdida irreparable, pero luego, al ver que duraba no una semana o dos, sino meses, se empezó a inquietar, especialmente cuando se anunció el juicio a James Biela y Frank empezó a asociar el caso de Brianna Denison al de Jeannette. Un día le dijo: «Mi hija habría acabado como Brianna. Porque ya sabe usted que también en esta escuela hay futuros James Bielas». La madre Dorothy piensa que con el sufrimiento ha perdido la razón y que es capaz de cualquier cosa.

—Es decir, que no es la clase de monja que pide a los niños de la escuela que recen por Oliver y le lleven flores.

—Inventos de Frank. Lo que él no podía imaginar es que nosotros ya estábamos en contacto con la madre Dorothy. Búho, ¿estás observando el parque? ¿Ves a Jim?

—Sí, bajo la magnolia, con el fusil apoyado en el trípode. En cuanto a Frank y Mary, marchan hacia el Pabellón Chino. Frank no ha dejado de hablar de los católicos y del perdón y en un momento dado se ha puesto a recitar en voz alta el padrenuestro.

»¡Amén!, ha coreado Mary al término de la oración.

»Frank ha euforizado la voz:

»Ya ves lo que dice el padrenuestro: "Perdona nuestras ofensas como también nosotros perdonamos a los que nos ofenden". ¡Ahí está la clave de todo, Mary!

—Sobreactúa. El muy cabrón sigue construyendo su coartada.

—También yo me doy cuenta de que está sobreactuando, pero no adivino la razón. Sé bien lo que es una coartada, que viene de la palabra *coarctāre*, «limitar, restringir», y que significa «prueba de no haber cometido un crimen por estar en otro lugar», pero no sé cómo aplicarla al caso que nos ocupa desde hace tres semanas. Aunque, ahora que lo verbalizo, me viene a la memoria lo que le ha comentado Frank a Mary, que la semana próxima se irá a Pyramid Lake a hacer ejercicios espirituales. Deduzco que esa ausencia tiene que ver con la coartada. Si está allí, no está aquí. Intuyo sin embargo que esto es solo una parte del asunto. Porque, al cabo, ¿de qué crimen estamos hablando?

—Enseguida lo comentamos, búho. Te lo prometo. Pero sigamos con Frank y Mary. Desde aquí no los distingo.

—Confío en tu promesa y sigo con la retransmisión. Pues Frank y Mary ya están en el Pabellón Chino. Una vez más, con insistencia irritante, Frank ha hablado de James Biela y de semen. Mary ha esperado a entrar en el coche para hacer su comentario:

»De todas formas, Frank, el asunto que nos tiene preocupados es distinto, ha dicho. No estamos ante un maníaco sexual, sino ante un sujeto al que la religión parece haberle vuelto loco y que es capaz de irse a Pyramid Lake a matar serpientes con el solo objeto de aplastar sus cabezas y dejarlas clavadas en forma de cruz. El caso no se parece en nada al de Biela. No es grave.

»Frank ha soltado una risa y ha puesto en marcha el coche.

»No, no es grave. Además, no nos engañemos: matar serpientes es conveniente.

»Mary le ha llevado la contraria:

»En ese punto no estoy de acuerdo, ni contigo ni con la Biblia. Todos los seres de la creación tienen derecho a la vida.

»Era una broma, Mary, ha respondido Frank.

»El coche está ahora saliendo hacia North Sierra Street. Creo que van a la zona del río. De modo que, de ahora en adelante, no podré verlos ni escucharlos.

—Mary lo está haciendo muy bien. Creo que Frank se ha puesto contento al oír lo de las serpientes clavadas en forma de cruz. Cree que la Providencia le está ayudando a fortalecer su coartada.

—Te ríes.

—A lo mejor es una risa nerviosa. Están siendo días de mucha tensión.

—También yo estoy tenso. Me gustaría saber lo que está pasando.

—Te diré lo que sé, búho. Estamos seguros de que Frank fue el autor de la muerte de los pavos del parque, de los coyotes de Middlegate y de los mustang de Washoe County. Quiere que todo el mundo dé por hecho que nos hallamos ante un maníaco. Imagínate que quiera cometer un asesinato. Bastaría con que le cortara la cabeza a la víctima y la dejara crucificada como al tal Oliver para que el asesinato se le achacara al supuesto maníaco.

—Trato de entenderlo.

—Nosotros también. Ignoramos lo que pretende, con qué fin está haciendo todo ese trabajo. Lo único que hemos sacado en limpio es una inferencia.

—«Inferencia» es una bonita palabra.

—Vistos los datos que tenemos, es seguro que, de actuar, lo hará la semana que viene, durante su semana de ejercicios espirituales en un solitario rancho de los alrededores de Pyramid Lake. Creemos que actuará en este parque, porque lo que vaya a hacer, sea lo que sea, en ningún caso algo bueno, tendrá relación con lo ocurrido con Jeannette, cuyos restos, como sabemos, están aquí. En tercer lugar, nos parece que el hecho ocurrirá dentro de diez días, la noche del 27, porque habrá luna llena. Cuando Mary le pasó a Frank las fechas en que los diferentes animales fueron sacrificados, fue él quien señaló la coincidencia. En todas había luna llena. Hasta ahí lo que sabemos y suponemos, búho.

—Jim marcha hacia donde estás tú.

—Sí, tenemos que hablar. El día 27 no puede colocarse como hoy, al descubierto, porque la luna llena dará mucha claridad. Habrá que poner un parapeto.

—Si va a haber un tiroteo, quizá no convenga que me quede en el parque. La luna ilumina a todos por igual. No quisiera ser una diana fácil.

—Búho, ponte a cubierto donde mejor te parezca, pero que puedas ver y oír bien. Va a ser una noche importante. Necesitaré tu retransmisión. De modo que, por favor, no te alejes del Rancho San Rafael. No puedes abandonar el caso ahora.

—De acuerdo, me quedaré aquí, donde siempre, y los diez días que faltan hasta el 27 me entretendré siguiendo las evoluciones de los gansos, de los perros, de la gente que viene a pasear entre las ocho de la mañana y las cinco de la tarde, y me alimentaré de ratones, y volaré hacia más arriba de la cruz gigante cuando sienta nostalgia de Nuevo México y quiera comer una serpiente como las que supuestamente, según habéis contado a Frank, aparecen aquí y allá clavadas en forma de cruz; pero no será fácil, porque llegará la noche, me pondré a pensar, empezaré a calibrar los posibles resultados que alumbrará la inferencia, y se apoderará de mí una tirantez interior, un agarrotamiento, una opresión, es decir, que me sentiré como si el compás de espera fuera una soga y me estuviera estrangulando, y miraré a la luna, y la luna seguirá su curso, creciendo sin descanso, pasando de un porcentaje de iluminación del dieciocho por ciento al de veintiocho, y del veintiocho al de cincuenta, al de sesenta y uno, al de setenta y dos, ochenta y uno, ochenta y nueve, noventa y cinco, hasta que por fin llegue el 27 de mayo, jueves, y el porcentaje de iluminación sea del cien por cien, es decir, que haya luna llena y todo el Rancho San Rafael, desde el Pabellón Chino hasta el túnel de McCarran, desde la zona de recepción hasta la del corral de los pavos reales, cobre detalle, y la *Magnolia stellata*, a pesar de que ahora es solo un penacho, un copete, un mechón, luzca en toda su blancura.

—Estate tranquilo, búho. Todo saldrá bien.

—Jim está llegando a tu Suzuki. Nunca había visto un fusil tan enorme.

—Es lo que tienen las miras telescópicas de infrarrojos. Ocupan espacio.

—Afortunadamente, yo no las necesito. Mis ojos tienen los infrarrojos incorporados. Es un chiste. Te puedes reír.

—Así me gusta, búho. Que estés tranquilo y con humor.

# 4. Cuarta consulta al búho del Rancho San Rafael Regional Park, Reno, Nevada

—Búho solitario, búho que gracias a la suavidad de tus plumas te mueves sin hacer el menor ruido, tú, el más silencioso de los pájaros, con los ojos grandes y el oído finísimo, tú que desde los tiempos de la antigua Grecia has tenido una merecida fama de sabio, tú que siempre estás vigilante, tú, amigo mío, colaborador mío, gran informador, dime, ¿qué ves ahora mismo, noche del 27 de mayo de 2010, noche de luna llena, en el Rancho San Rafael Regional Park de Reno, Nevada?

—Pues te veo a ti. Veo que estás en el Pabellón Chino. Tienes a tu lado a Mary.

—¿Ves a Jim?

—Sé que está a unos cincuenta metros de la *Magnolia stellata*, tras un parapeto que los de mantenimiento del parque han colocado esta mañana. Son tres troncos en triángulo, como para delimitar un espacio de juego para niños, y el vértice que mira hacia la magnolia está abierto. Por ahí debe de asomar el cañón del fusil de Jim. Desde aquí no lo distingo.

—Estás en lo cierto, búho. También nosotros hemos traído fusiles. Pero son estándar.

—La magnolia todavía conserva sus flores, aunque no tantas como hace diez días. Más que un penacho, o un copete, o un mechón, parece un ramo blanco. Como los de las bodas, aunque en grande.

—¿Ves algo especial?

—Es una noche solitaria. Apenas pasan coches por McCarran. Justo en este momento pasa uno. Un Mitsubishi Endeavor, me parece. Se ha parado en el semáforo.

Ahora veo bien a Jim, que, cambiando de postura, se ha sentado con la espalda apoyada en uno de los troncos. Lleva un traje de camuflaje más oscuro que el de la semana pasada. Alguien que no tuviera los infrarrojos incorporados a sus ojos no podría distinguirle. El semáforo se ha puesto en verde y el Mitsubishi Endeavor ha girado hacia North Virginia. Vienen dos coches más. Un Toyota Cruiser y un Saab. Han seguido recto. Y ahora nada. Los gansos duermen con la cabeza metida en el pecho, los patos igual, no hay mapaches, tampoco coyotes, al desaparecer los pavos reales también han desaparecido ellos. Viene un coche por North Sierra Street, un Cadillac antiguo, pero no se para frente al parque, sigue adelante en dirección a la universidad. Otra vez nada. Ahí va alguien.

—¿Dónde, búho?

—Ha salido de entre unos árboles y camina hacia el ramo blanco, es decir, hacia la magnolia. Va vestido con ropa deportiva y se tapa la cara con la capucha de su zamarra. Se ha desviado hacia la izquierda, hasta un ángulo de la pradera, y se ha quedado allí, a unos veinte metros de la magnolia. No sé si lo veis. No está tan lejos de vosotros. A unos sesenta metros.

—Nosotros solo vemos sombras, búho.

—Otros dos. Han llegado otros dos tipos. Se han parado al ver al que ha venido primero y se han puesto a caminar hacia él. No me parece que lleven armas. Se mueven, no sé cómo decirlo..., dubitativamente, quizá sea esa la palabra. Sí, se muestran dubitativos. «Vacilantes», quiero decir. «Indecisos», «titubeantes»...

—Atento, búho.

—Hay un todoterreno aparcado en McCarran, justo donde el túnel, ante la barrera. Hasta ahora no había reparado en él porque ni siquiera con la luz de la luna se distingue bien. Debe de ser de color azul oscuro o negro.

—Mary pregunta si es donde Frank y ella aparcaron la primera vez que vinieron juntos al Rancho San Rafael.

—Casi en el mismo sitio, sí. Se ha encendido una luz dentro del todoterreno. Una linterna, creo. Los tres chicos siguen en el ángulo de la pradera. Ahora los veo bien. Son adolescentes, de unos quince o dieciséis años. La luz se ha apagado. Definitivamente era una linterna. Viene otro tipo. Lleva gafas oscuras. No es un adolescente. Camina con cierta pesadez. Incluso cojea un poco.

—¿Va hacia los otros?

—No. Va recto hacia la magnolia.

—De acuerdo.

—Llega una camioneta blanca por McCarran. Parece de reparto. Ha aparcado cerca del todoterreno. A unos diez metros, en paralelo.

—De acuerdo.

—El tipo que cojea se ha apartado un poco. Está a unos veinte metros de la magnolia y a unos treinta de los adolescentes. También tiene un aire dubitativo, vacilante... Llegan ahora mismo dos tipos que, más que vacilantes, parecen nerviosos. Son muy jóvenes. Catorce años, diría. Van con la cabeza descubierta. Se han detenido al ver a los otros. La camioneta blanca se ha marchado y en este momento circula por McCarran. Jim está invisible. Igual que vosotros. Nadie diría que el Pabellón Chino está ahora ocupado por ti y por Mary. Los jovencitos que acaban de llegar se han juntado con los tres primeros en el ángulo de la pradera y están hablando entre ellos. El tipo de las gafas oscuras se mantiene aparte. Un coche acaba de aparcar debajo de donde estoy. Se oyen risas. Son tres, como de veinte años, dos chicos y una chica. Llevan sendas botellas de cerveza en la mano. No parecen indecisos, ni titubeantes, ni nerviosos. Lo contrario. Se los ve decididos, seguros. Casi diría «excitados». Vuelve a encenderse la linterna del interior del todoterreno que está aparcado encima del túnel de McCarran. Los tres de la cerveza, de ahora en adelante los llamaré los «excitados», caminan en línea recta hacia la magnolia. Al oír sus risas, el de las gafas oscuras se ha puesto en movimiento. Y lo mismo parece que van a hacer los cinco jovencitos. Sí, se alejan del ángulo de la pradera y se encaminan hacia el árbol. Pero no dejan de parecer inseguros. En vez de pasos, dan pasitos. Los excitados, en cambio, pasazos. No sé si existe esta palabra, «pasazos». Quizá debería haber dicho que caminan «a trancos». En cualquier caso, van rápido. Armando bulla, molestando a la luna. Tampoco sé si existe esta expresión, «molestar a la luna», pero...

—¡Atento, búho! ¡Atento!

—Los excitados se han calmado. Han ido a sentarse debajo de la magnolia. Los otros están alrededor. Los jovencitos a la izquierda, el de las gafas oscuras a la derecha.

—Mary tiene mejor vista que yo y percibe las sombras. Pero poco más. Dependemos de tus ojos, búho. ¿Qué ves ahora?

—Veo la luna en lo alto, cien por cien iluminada. Veo que por McCarran no circula nadie, como si hubiesen cortado el tráfico en ambas direcciones; veo la cruz gigante en la ladera, que hoy, precisamente por contraste con la luna cien por cien iluminada, parece vulgar; veo un parque que, a pesar de vuestra presencia en el Pabellón Chino, la de Jim tras el parapeto, la de todos los que han ido llegando, entre ellos, como ya te he dicho, la chica y los dos chicos medio borrachos, parece inanimado. Me ocurre por una parte lo mismo que el día en que Frank y Mary estuvieron a punto de enfrentarse en el corral de los pavos reales, que me parece ver no el propio parque, sino una fotografía, o mejor, una foto *finish*; pero por otra, por alguna distorsión, la magnolia se me figura muy grande, un ramo blanco gigantesco.

—No te duermas ahora, búho. Esa clase de distorsiones se producen en el entresueño. ¡Búho, despierta! ¡Despierta!

—Es verdad. Lo siento. No lo entiendo.

—Es por la tensión, búho. La tensión agota.

—Uno de los excitados está meando en el tronco de la magnolia. La chica se ríe. Los jovencitos juegan a pelearse. El tipo de las gafas oscuras ha ido donde los excitados y se ha puesto a hablar con ellos. Se ha encendido una luz dentro del todoterreno aparcado junto a McCarran, una luz del propio coche, no la de una linterna. Se ha apagado la luz. Me ha parecido ver una sombra que salía del coche. Los dos chicos borrachos y el tipo de las gafas oscuras se han puesto a pelear, y los jovencitos han formado un círculo alrededor. Jim no asoma. Uno de los excitados se ha desentendido de la pelea y ha empezado a zarandear la magnolia como si de verdad fuera un ramo blanco. La sombra acaba de salir del túnel. Viene rápido. Sin correr, pero rápido.

—¿Por qué dices «sombra»? ¿No lo ves bien?

—Veo que lleva un sombrero de *cowboy*, pero no advierto ningún rasgo más. Debe de ir vestido de negro y con la cara cubierta. Acaba de entrar en la pradera central del parque y va más despacio, como si el tener la *Magnolia stellata* a la vista le hubiera tranquilizado. Efectivamente, va vestido de negro y se cubre la cara con un pañuelo, como los forajidos de las películas. Va armado. Lleva un arma en la mano, más grande que una pistola pero no mucho más, no creo que sea un fusil, desde luego no es un arma como la de Jim, sino más bien... una metralleta, quizá un fusil de asalto. ¡Es Frank!

—¿Seguro?

—Lo he reconocido por la forma de andar. No tengo duda. Es Frank. Si Mary lo viera, tampoco tendría dudas.

—Mary dice que camina como si tuviera una pierna más corta que otra, cargando el peso del cuerpo en la izquierda.

—Exacto. Ahora avanza a paso rápido. Está gritando. Levanta el fusil de asalto y grita: «¡Aleluya! ¡Aleluya!». Los del grupo reunido en torno a la magnolia se han vuelto hacia él, pero no lo pueden distinguir bien y se los ve dubitativos, vacilantes, indecisos, titubeantes. No entienden lo que pasa, pero saben que se trata de algo peligroso, amenazador, grave, intuyen que es la muerte quien los visita, y el primero que se ha dado cuenta de ello es el de las gafas oscuras, que ha echado a correr, pero cojea, cojea bastante ahora que corre, o intenta correr, y Frank le alcanza por detrás, porque efectivamente es Frank, se le ha movido el pañuelo y le veo la cara con precisión, ha tirado al suelo al de las gafas oscuras, lo lleva a rastras sin dejar de gritar, pero no grita «¡Aleluya! ¡Aleluya!», sino «¡Bola de semen! ¡Bola de semen!». Los jóvenes podrían salir corriendo en diferentes direcciones y escapar, pero no lo hacen, están paralizados, parecen imágenes de foto *finish*, y Frank los está apuntando con el fusil de asalto y les grita que se junten, que se pongan todos en fila bajo el árbol, los va a fusilar, ahora sale alguien corriendo del Pabellón Chino y se dirige a él, ah, es Mary, también ella grita: «¡Alto, Frank!». Frank da un traspié y casi pierde el equilibrio, pero no, se ha enderezado y dirige el fusil de asalto hacia ella, y va a disparar, y ha caído, ha caído suavemente, Frank ha caído, Frank parece muerto, y ahora son los del grupo quienes gritan y lloran, y por fin Jim está visible, ha salido de detrás del triángulo de troncos y viene corriendo hacia la *Magnolia stellata*, sin fusil, pero con una pistola en la mano, se agacha hacia Frank, Frank está muerto. Y yo me voy a alejar de aquí enseguida, porque empieza a oler mal, huele a la sangre de Frank y a los orines de los nueve que han estado a punto de ser fusilados, todos se han meado en los pantalones, huele verdaderamente mal, y me voy, me iría a Nuevo México si no estuviera tan lejos, pero me conformaré con volar a Pyramid Lake y pasar unos días descansando en un *dude ranch*, como Frank, a ver si desaparece la tirantez que tengo dentro, es decir, el agarrotamiento, la opresión que siento en el corazón después de tanta tensión, la contracción, la retracción... ¡Ya estamos!

—Dime, búho, ¿qué pasa ahora?

—Que las rimas son un problema. «Opresión», «corazón», «tensión», «contracción», «retracción»... Es como ir hablando con trombón, valga la nueva rima... Y qué mal huele, creo que varios de esos nueve no solo se han meado, es bastante insoportable. Me voy a Pyramid Lake, pero antes quisiera pedirte un favor.

—Pide lo que quieras, búho.

—Quiero que tengamos una cita en la siguiente luna llena, aquí, en el Rancho San Rafael, y que me expliques el final de este drama. ¿Por qué se han juntado esos nueve malolientes bajo la *Magnolia stellata*? ¿A qué han venido?

—De acuerdo. Nos vemos en la próxima luna llena. Eso será allá por el 26 de junio, si no calculo mal.

—Pues hasta entonces. Tú no me oyes, porque mi vuelo es silencioso, pero en este momento estoy pasando por encima de la cruz gigante iluminada en dirección al desierto. Dentro de poco estaré descansando en Pyramid Lake.

—Buen vuelo, búho.

# Epílogo

—Búho solitario, búho que gracias a la suavidad de tus plumas te mueves sin hacer el menor ruido, tú que has volado desde Pyramid Lake hasta este parque del Rancho San Rafael sin que nadie oyera nada, y que ya estás ahí, en lo alto de la torre del edificio de recepción, con los ojos grandes y el oído finísimo, tú que desde los tiempos de la antigua Grecia has tenido una merecida fama de sabio, tú, amigo mío, dime, ¿qué ves ahora mismo, noche del 26 de junio de 2010, noche de luna llena, cálida, espléndida?

—Pues veo que has acudido a nuestra cita, y que estás sentado en el Pabellón Chino bebiendo de un termo que, si el olfato no me falla, contiene ron mezclado con algo, probablemente con lima...

—Con lima y jarabe de frutas. Es un daiquiri. Lo estoy tomando muy frío.

—Me doy cuenta de que estás tranquilo. Todo el parque lo está. El único ruido que se escucha es el ronroneo de los coches que se detienen en el semáforo de McCarran con North Sierra. Los gansos duermen, los patos duermen, los coyotes siguen haciendo el tonto intentando atrapar los pavos reales que de nuevo pueden verse en el corral. En cuanto a lo que nos muestra la gran luna de hoy, nada más notable que la *Magnolia stellata*, que vuelve a parecer una borla blanca. Sin embargo, esa tranquilidad de lo que me rodea no me alcanza. Cierto que en el tiempo que he pasado en Pyramid Lake la tirantez interior que sentía, la opresión, la retracción...

—El agarrotamiento.

—Más que «agarrotamiento», yo diría la «contracción». En cualquier caso es verdad que ese sentimiento negativo ha cedido gracias a las charlas que he mantenido conmigo mismo en la soledad de mi particular *dude ranch*; pero me falta cerrar el capítulo que comenzó con el degollamiento y la crucifixión de Oliver. En otras palabras, quiero tener una explicación de la última escena que vi en este parque. ¿A qué vinieron esos nueve que luego se mearon y se cagaron en los pantalones?

—Te lo diré rápido, búho. Vinieron a tener sexo con una menor.

—Entiendo y no entiendo.

—Frank envió varios mensajes a los alumnos del Mater Dei y de otras escuelas, valiéndose de las direcciones electrónicas y de los contactos a los que tenía acceso por ser del consejo escolar. Te leo lo que decía en el primero de ellos: «Soy la amiga caliente de Jeannette Williams. Ella era un estrecha, yo no. Tengo trece años, y quiero perder la virginidad en una sola noche y con todos los chicos que pueda. Por favor, no respondas. Estoy utilizando el ordenador de la empresa de mi padre». Envió este mensaje en tres ocasiones. En la última añadió esta posdata: «Si te interesa ser uno de los desvirgadores y regarme con un poco de semen, acude al Rancho San Rafael Regional Park, Reno, mañana, jueves 27, una vez que se haga de noche. Lugar exacto: la magnolia que está en la pradera central del parque. La luna llena nos acompañará». ¿Qué te parece, búho?

—Frank era partidario de la pena de muerte. Bastaba oírle comentar el caso de James Biela para saberlo.

—Por cierto, a Biela lo han condenado a muerte. La hermana de Brianna Denison le perdonó, pero el jurado no.

—El concepto de justicia nació del de venganza. Si actuabas incorrectamente, los dioses se vengaban. En un momento dado, en lugar de «los dioses se han vengado», empezó a decirse «los dioses han hecho justicia».

—No lo sabía, búho sabio. Pero, en cualquier caso, la diferencia está en que Frank se mentía a sí mismo. Era consciente de que nadie había tenido ninguna responsabilidad en la muerte de Jeannette. Mucho menos aquellos a los que él atrajo a la *Magnolia stellata*. La responsabilidad era en todo caso familiar. Así lo sugirió la madre Dorothy. Según ella, la niña se deprimió cuando sus padres se divorciaron.

—A lo de Frank podría llamársele «venganza ciega».

—El periódico ha hablado de locura. Un articulista afirmó que había que perdonar a Frank porque era un muerto viviente, un hombre que había muerto cuando su hija se suicidó. Pero no sé. Para ser un muerto preparó muy bien las cosas. De no haber sido por la madre Dorothy, por Mary y por ti, búho, por vosotros tres, fundamentalmente, quizá no le hubiésemos atrapado. Habría matado a los nueve, los habría dejado en el suelo con los brazos en cruz, y toda la policía de Nevada estaría ahora siguiendo el rastro del supuesto maníaco que crucificó a Oliver y a los otros animales. Por otra parte, aun teniendo sospechas, ¿cómo demostrar que la noche del asesinato múltiple estaba en este parque y no en un *dude ranch* haciendo ejercicios espirituales? La coartada estaba muy bien pensada. Por cierto, no hubo tal *dude ranch*. Tenemos contacto con los paiutes de Radcliffe, y no les consta que haya habido huéspedes en ninguno de esos ranchos. Por suerte, las inferencias que hicimos fueron correctas. Gracias a los datos que me transmitías, búho.

—No te hacían mucha falta, creo. Mary te hubiese informado tan bien como yo. No me elogies más de lo que merezco.

—Fue Mary la que pidió tu participación. Para ella fue un trabajo bastante angustioso. No es fácil compartir una patrulla nocturna con un hombre que va armado y que, por su locura o por lo que fuera, es peligroso. Intentando sonsacarle cosas, además. Temía no ser capaz de acordarse de lo que le iba diciendo Frank. Por eso necesitábamos esa mente tuya que lo graba todo.

—¿Mary ha vuelto a Nuevo México?

—Así es. Y Jim también. Era fundamental que nadie conociera a los agentes que iban a ocuparse del caso. Mejor que no fueran de Reno.

—Quizá vuele yo también a Nuevo México.

—Será una lástima no poder contar en el futuro con tu colaboración, búho. De todas maneras, te marches o no, querríamos ponerte una condecoración por el papel que has tenido en la resolución del caso.

—«Colaboración», «resolución»..., sinceramente, lo de estas palabras que acaban en «-ción» es tremendo. Menos mal que existen otras como «inferencia». De todos modos, no necesito condecoraciones. Hacen daño, sobre todo las que se ponen en el pecho.

—De acuerdo, búho. Se hará tu voluntad, como siempre.

Este libro se terminó
de imprimir en
Móstoles, Madrid,
en el mes de
febrero de 2022